Michael Feuser

An einem Ort, so weit und schön ...

Befragt, was denn über ihn biographisch Interessantes zu berichten wäre, gibt der Autor an, eines frühen Apriltages anno 1957 in Ludwigshafen am schönen Rhein angeblich als ein weiteres Exemplar der Gattung Mensch geboren worden zu sein und seitdem, inzwischen in Hamburg an der nicht minder schönen Elbe lebend, der Frage nachzugehen, was denn diese ihm unverlangt mitgegebene Identitätsbezeichnung eigentlich bedeute. Mit diesem Erzählband legt er erste Ergebnisse vor.

An einem Ort, so weit und schön ...

Liebesgeschichten

Michael Feuser

Bibliografische Information der Deutschen Nationalbibliothek:
Die Deutsche Nationalbibliothek verzeichnet diese Publikation
in der deutschen Nationalbibliografie; detaillierte bibliografische
Daten sind im Internet über http://dnb.dnb.de abrufbar.

© 2014 Michael Feuser - michael.feuser@freenet.de
Alle Rechte liegen beim Verfasser
Herstellung und Verlag: BoD - Books on Demand, Norderstedt
LaTeX-Satz: Ulrike Feuser

ISBN: 978-3-7357-7517-7

*Für meine liebe Ulrike,
die mir vom Himmel geschickt worden ist,
als der mal einen verdammt
guten Tag gehabt haben muss!*

Inhalt

	Vorwort	10
	Zunächst	12
1	Blätterrauschen	13
2	Doch noch alles gut	15
3	Beunerdigung	19
4	Hohes Gericht	25
5	Der Dritte im Bunde	35
6	Des Pfeiles freier Flug	43
7	Zuhause	61
8	Kreuzworträtsel	67
	Athem	72
9	Um Himmels Willen!	73
	Erwartet	88
10	Ganz leicht ...	89
11	Nur die Ruhe!	97
12	Des Urknalls Stille	105
13	Yet I found you there ...	109
14	Das leise Lied des Lebens	115
15	Schön, dass du da bist!	123
	Zuinnerst	130

Vorwort

Können wir uns einen Ort vorstellen, so weit und schön, so friedlich und harmlos, an dem wir uns einfinden, nur um einander zu sagen:»Schön, dass du da bist!«, gibt es ein Paradies unverbrüchlichen Vertrauens?

Aus einem gewissen Blickwinkel heraus betrachtet sieht es so aus, als müssten wir uns dort schon begegnet sein, denn, Hand aufs Herz: Könntest du überhaupt leben, ohne in diesen oder anderen Worten, auf die ein oder andere Weise gehört und vor allem auch geglaubt zu haben:»Es ist gut, dass du da bist«?

Erst einmal nehmen wir als selbstverständlich hin, diesen Zaubertrank des Lebens in den schönen, angenehmen Momenten unserer Begegnungen irgendwo, irgendwie aufgenommen zu haben.

Was aber ist in den Zeiten, in denen uns das Schicksal nicht auf der Sonnenseite sehen will?

Wer gibt dir dann noch dieses Elixier deiner Kraft: wenn du in Schuld gerätst, wenn Gewalt über dich kommt, gleich ob du zum Täter wirst oder die Tat erleidest, wenn Krankheit dich heimsucht oder deine Lieben dich verlassen, wenn du plötzlich zu denen gehörst, die von ihren Familien verstoßen werden oder die in der Gesellschaft keinen Platz mehr finden, wer gibt dir noch diese Medizin, wenn für dein Leid selbst die Ärzte keinen Namen mehr wissen? Wer wagt es, dir dies Wort noch zu sagen, wenn du schließlich gehen musst? Wo kommt sie eigentlich her, die Liebe, die uns hält und erst zu Menschen macht?

So viel ist sicher: Niemand von uns kann sich der Antwort auf diese Frage allein nähern, ohne den anderen. Sei willkommen, lieber Leser!

Erlebt haben wir sie wohl alle: erstaunliche Momente des Lebens, die uns – bei allem, was uns unterscheidet und trotz aller Behinderung, die wir gelegentlich füreinander sind – vom Wunder eines gemeinsamen Weges gesprochen und an eine unfassliche, all unsere Begriffe übersteigende Liebe erinnert haben.

Allzu leicht jedoch verblassen sie wieder, diese Augenblicke unmittelbarer Nähe, versinken hinter dem, was wir Realität gewohnt sind zu nennen, geraten in Vergessenheit.

Erzählen wir uns also von ihnen, auf dass sie in unserem Erinnern an Kraft gewinnen, die uns befähigt, mehr und mehr hinter die Schleier dieser Welt zu schauen und den Ort wiederzuerkennen, an dem wir einander einst gesagt haben:»Schön, dass du da bist!«

Zunächst

Es gibt etwas, das ich nicht sagen kann,
Meinem Auge wird's kein Bild,
Und das mir doch – es war wohl nur vergessen –
Als urvertraute Wahrheit gilt.

Ich kann nicht auf es zeigen,
Hab' keinen einzigen Beweis,
Nicht dicht genug für mein Gefühl,
Ist's für mein Ohr unhörbar, viel zu leis'.

Auch greifen kann ich's nicht:
Es ist mir näher noch als Herz und Hand,
Doch in dem einen Augenblick – er währt noch an –
Hab' ich's als das, weshalb ich hier, erkannt.

1 Blätterrauschen

Als sie gestorben war, lagen wir, die wir sie in ihrer letzten Zeit begleitet hatten, vollkommen erschöpft unten im Wohnzimmer auf dem Fußboden, hatten sie – ihren Körper – oben in ihrem Zimmer zurückgelassen, waren jetzt mit uns allein ...

... allein mit mir ... leer ... nur Leere ...

Das Erste, was wiederkam, war das heraufdämmernde Frühlingslicht, welches das Zimmer allmählich erhellte. Ich fühlte ein Bedürfnis nach frischer Luft, nach Draußen, nach Weite, stand auf und öffnete die Terrassentür. Unendlich sanfte Luft strömte mir entgegen, als ich hinaustrat ins Freie. Ein leiser Wind bewegte die Blätter der Bäume, sonst nichts, tiefste Ruhe.

Da kam sie wieder zu mir.

Aus Allem, den Blättern, dem Wind, den Wolken, dem Gras der Wiese, aus Allem schaute sie mich an und flüsterte mir zu: »Gestorben bin ich, lieber Bruder, aber tot bin ich nicht.«

Irgendwie hob es mir die Arme hoch, ich wollte dieses Flüstern einatmen mit jeder Zelle, es sollte mich anfüllen bis obenhin.

So stand ich da, die Arme erhoben, als wir uns unvermittelt anschauten: in vielleicht dreißig Metern Entfernung stand – wohl schon länger – ein junger Vater auf dem Balkon seines Hauses und hielt einen Säugling im Arm, der selig zu schlafen schien. Alles schwieg eine wortlose Ruhe.

Wir schauten einander an, der Mann schien nicht irritiert zu sein von meinen erhobenen Armen, die ich jetzt langsam herunternahm, tiefe Dankbarkeit empfindend für diesen Vater mit seinem Kind, der mich nicht allein ließ in einem Moment, der mein Leben vollkommen verändert hat. Ich nickte ihm kurz zu und ging wieder hinein.

Wieder hinein.

2 Doch noch alles gut

»Ich steh' auf der Abschussliste!«, hat sie gerade eben noch gesagt, und jetzt schläft sie neben mir selig wie ein Kind, das Gesicht ganz entspannt und die Augenlider so sanft geschlossen, als schaue sie hellwach durch sie hindurch in eine glückliche Welt ohne Schmerz und ohne Sorge, ihr Atem so ruhig wie das leise Kräuseln an der Oberfläche eines tiefen Sees.

Zwei Stunden werden es wohl gewesen sein, die wir uns unterhalten haben auf der gemeinsamen Zugfahrt von Köln nach Hamburg, das Wetter, der Sommer, der mal wieder keiner ist, das Angenehme am Zugreisen und das Unangenehme, haben das Frühere mit dem Jetzigen verglichen und dabei das Frühere besser abschneiden lassen, und uns so die Zeit etwas verkürzt.

Es ist spürbar gewesen, dass sie sich vorgenommen hat, nicht über sich zu sprechen, wahrscheinlich, weil sie sich damit als aufdringlich empfindet, aber dann tut sie es doch: Es wird eine Erzählung, die eine dreiviertel Stunde lang anhält und bei der ich eigentlich nur zuhöre; habe ich zwei Dutzend Worte gesagt in dieser Zeit?

Als ihr Mann gestorben war, hat ihr Abstieg begonnen hinab zu dem Punkt, an dem sie jetzt steht. So empfindet und so erzählt sie ihre Geschichte, als einen Abstieg: das zunehmende Alleinsein, immer mehr Freunde und Verwandte um sie herum verlassen sie, und dann beginnen ihre Krankheiten, erst harmlos, dann ernster, schließlich bedrohlich – die Bauchspeicheldrüse hat sich gefährlich entzündet, nur mit hohem Aufwand ist das Problem in Schach zu halten, seit vier Jahren muss sie halbjährlich zur Untersuchung in eine Spezialklinik, auch heute ist sie dorthin unterwegs. Und jedes Mal die bange Frage: ›Wie wird das Urteil der Ärzte lauten?‹

Jetzt ist auch noch vor zwei Monaten ihre beste Freundin an genau derselben Krankheit gestorben, »und dann bin ich ja auch schon vierundachtzig.« Das hat geklungen, als wolle sie sich entschuldigen dafür, dass sie überhaupt eine Krankengeschichte brauche, um auszusprechen, was ihr eigentlich auf der Seele brennt: »Ich steh' auf der Abschussliste!«

»Ich bin nur froh, dass es diese Liste gar nicht gibt!«, habe ich einfach nur gesagt, mehr ist mir im ersten Moment nicht eingefallen, und dann ist sie auch gleich eingeschlummert, so dass es dabei geblieben ist.

Auch jetzt – der Zug fährt gerade in den Hamburger Hauptbahnhof ein – frage ich mich, ob ich sie wecken soll, um ihr wenigstens zum Abschied »Alles Gute« wünschen zu können, aber sie schläft immer noch so schön, und ich weiß, dass sie erst in Altona aussteigen will – ich lasse sie schlafen. Leise stehe ich auf, packe meine Siebensachen zusammen und gehe als Letzter in der Schlange in Richtung Tür.

Im Hinuntersteigen auf die obere der beiden Stufen drehe ich mich doch nochmal nach ihr um: da sitzt sie aufrecht an ihrem Platz und hat die Hand erhoben, wartend, ob sie noch Gelegenheit haben werde, mir zu winken. Ihr Gesicht strahlt, als sie gewahr wird, dass ich mich nach ihr umdrehe, und heftig winkt ihre Hand, wie um die Zeit, die sie warten musste, aufzuholen, während sie mir durch die sich schließende automatische Zwischentür zuruft: »Alles Gute!«

Da bin ich schon draußen und denke, an der Wirklichkeit vorbei, aber heilfroh: »Jetzt hab' ich es doch noch gesagt!«

3 Beunerdigung

Es hätte vielleicht eine ganz normale Beerdigung werden können, wenn der junge Priester sich nicht akribisch an die Regeln zur Durchführung eines katholischen Trauergottesdienstes gehalten hätte, wodurch sich die zwar eher kleine, aber dafür umso dunklere Gewitterwolke in aller Ruhe über dem Friedhof formieren konnte.

Ich muss gestehen, dass ich über den genauen Ablauf und Inhalt dieser Messe kaum Auskunft geben kann, da meine Gedanken, während der wohl aus dem indischen Sprachraum stammende Priester wegen der offensichtlichen Unvereinbarkeit seiner heimischen mit der hiesigen Sprechweise nahezu unverständlich die bei einer solchen Gelegenheit üblichen Trostworte sprach, abschweiften und an der Frage hängen blieben, wo sich eigentlich meine verstorbene Tante zur Zeit befände, denn zu sehen waren nur die Kränze, kein Sarg weit und breit. Es mag sein, dass ich mit halbem Ohr doch immer wieder hinhörte, was der Priester äußerte, aber außer einer um Trost bemühten, wenn auch etwas bizarren Bemerkung – die Verstorbene, die in den letzten Jahren unter Schwerhörigkeit gelitten habe, könne ja nun im Himmel sicher wieder besser hören und so auch den himmlischen Gesängen lauschen – vermag ich nichts zu wiederholen.

Ich hatte also ein Problem mit dem Aufenthaltsort meiner Tante und konnte es nicht lösen. Ich will nicht sagen, dass ich wirklich darüber beunruhigt war, zumal alle anderen Anwesenden zu glauben schienen, dass hier alles mit rechten Dingen zugehe, aber losmachen konnte ich mich von der Frage nicht: ›Wo ist sie?‹

Erst als die Sargträger nach Beendigung der Messe die Kränze beiseite räumten und ihren Transportwagen einfach durch die Wand, die meine Phantasie an der linken Seite des Altarraums errichtet hatte, hindurchschoben, in einen Nebenraum oder besser eine Ausweitung des Altarraumes hinein, die ich von meinem Platz aus tatsächlich nicht hatte sehen können, erst da klärte sich das Mysterium auf geradezu banale Weise auf.

Jetzt verlief zunächst alles in gewohnter Ordnung, die Tür zum Friedhof wurde geöffnet und die Trauergemeinde schritt hinter dem Sarg her zum offenen Grab, wo man sich zum eigentlichen Begräbnisritual, das in dieser sehr katholischen Gegend sehr ausführlich ist, versammelte.

Auch an dieser Stelle muss ich bekennen, dass ich außer dem Absenken des Sarges und dem gemeinschaftlich gebeteten ›Vater Unser‹ nicht gerade viel mitbekam vom Verlauf des Rituals, da meine Anteilnahme wiederum von einem Rätsel absorbiert war, das mich, ähnlich dem ersten, nicht zur Ruhe kommen ließ; diesmal trieb mich die Frage um, ob es nach Lage der Dinge wirklich ratsam sei, einem der Messdiener, einem Knaben von vielleicht zwölf Jahren, die Aufgabe zu übertragen, ein großes metallenes Kreuz an einem langen Stab in den Himmel zu halten. Besagte Wolke nämlich ließ keinen Zweifel daran, dass sie halten würde, was sie versprach, und jetzt wirbelten auch schon die ersten Turbulenzen durch die Baumkronen, und der ein oder andere Regentropfen klopfte an, um zu fragen, wie es hier weitergehen solle.

Außer meiner Frau und dem für die akustische Anlage zuständigen Helfer schien sich wegen des Wetters und dessen Einflussmöglichkeiten auf den Verlauf des Zeremoniells niemand Sorgen zu machen, wobei die Befürchtungen des Technikers doch eher auf seine Gerätschaften zielten. Seine bittenden Blicke in Richtung des Priesters, er möge die Sache doch etwas beschleunigen, blieben indes unerhört, und alles ging seinen üblichen Gang, während der Knabe voller Stolz weiter das Kreuz in die Höhe hielt.

Ich muss sagen, dass es einen Moment dauerte, bis mir das Wort ›Blitzableiter‹ in den Sinn kam, aber mit dem Auftauchen dieses Wortes wurde es mir unmöglich, untätig zu bleiben. Ich ging zunächst zu den Sargträgern, die unmittelbar hinter dem Messdiener standen, um sie zu bewegen, den Knaben samt Kreuz zurück in die schützende Kapelle zu schicken, stieß aber dabei auf eine Front der Ablehnung. »Später«, hörte ich einen der Träger unwillig zischen, während der erste Blitz durch die Wolke zuckte und keine Sekunde später sein Donner zu hören war.

Auch davon blieb die Gemeinde scheinbar vollkommen ungerührt, eher erlebte man wohl mich als schlimme Störung. Dieses Gefühl jedenfalls kam in mir auf, als ich mich jetzt direkt dem Jungen zuwandte, um ihm notfalls handgreiflich den Weg zu weisen. Zu meinem großen Glück folgte dem zweiten Blitz und Donnerschlag aber ein derartig heftiger Wolkenbruch, dass die gesamte Trauergemeinde augenblicklich von ihren Selbstschutzreflexen in Bewegung gesetzt wurde, die ein weiteres Eingreifen meinerseits unnötig machten: als ginge ein

Sog von der offenen Tür aus, bewegte man sich rückwärts, den Blick weiter auf den Priester gerichtet, der – Fels in der Brandung – immer noch sprach, auf die Kapelle zu, was auch den kreuztragenden, inzwischen völlig durchnässten Knaben mit sich zog. Wie in einem rückwärts laufenden Film ging alles sozusagen wieder auf Ausgangsposition.

Meine Frau wirft mir oft vor, ich könne nicht mehr als eine Sache gleichzeitig denken oder tun – und damit hat sie vollkommen recht! Umso dankbarer bin ich, dass sie dabei war, denn sie hatte trotz der gleichen Sorge um den Messdiener – die sie übrigens dazu bewog, dessen letzte zögerliche Schritte vor der Kapelle mit energischen Worten zu beschleunigen – im Unterschied zu mir gleichzeitig den Ausführungen des Priesters gelauscht und konnte jetzt den in der Kapelle Versammelten berichten, dass es ausgerechnet die Worte »Auferstehung« und »Erlösung« gewesen waren, die von den beiden himmlischen Donnerschlägen ihre besondere Betonung erhalten hatten, was sofort eine Diskussion unter den Anwesenden entfachte, inwieweit dies alles noch als Zufall durchgehen könne, oder ob man nicht gezwungen sei, Blitz und Donner als Ausdruck göttlichen Zorns zu werten.

Ob nun dieses unauslotbare Thema der Grund dafür war, dass die Gemeinde innerhalb kürzester Zeit auseinanderlief, oder andere Motive dafür wesentlich waren – einigen Teilnehmern fiel ein, dass sie zu Hause ein Fenster vergessen hatten zu schließen, andere bezweifelten einfach, dass der Regen in absehbarer Zeit nachlassen werde – vermag ich nicht zu sagen. Fest steht, dass der Priester irgendwann die Idee aufgab, die Zeremonie noch fortsetzen zu können, die Messdiener nach Hause schickte und sich seines Gewandes entledigte.

Und so blieb meine liebe Tante Elisabeth – jedenfalls nach katholischem Verständnis und natürlich nur zunächst – unbeerdigt. Irgendwann wird der Priester wohl noch einmal zurückgekehrt sein und alles Notwendige getan haben, um die Sache zu Ende zu bringen, und dann werden auch die Friedhofshelfer – davon dürfen wir getrost ausgehen – das Grab geschlossen haben.

In mir bleibt von der ganzen Geschichte ein Lächeln zurück. Es ist nicht eigentlich von mir, und wenn ich versuche, ihm ein Gesicht zu geben, ist es am ehesten das meiner Tante. Es ist wie ein Herunterlächeln auf den Priester, der sein Bestes gibt, auf die Gemeinde, die ihren Ritualen, an denen sie sich orientiert, treu ist, auch wenn diese Treue ihre Grenzen hat, ein Lächeln auf den Stolz des Jungen, das Kreuz tragen zu dürfen, und auf die Sargträger, die die heilige Handlung zu schützen versuchen, ein Lächeln sicher auch auf mich, der ich mich so leicht ablenken lasse und nicht zwei Dinge gleichzeitig tun kann, und auf meine Frau, die mich mahnend daran erinnert.

Ein Lächeln aber auch wie eine leise Berührung, die uns vielleicht daran erinnern will, dass wir unsere Rituale samt der Worte, die sie begleiten, und auch die heiligsten unserer Symbole nicht dazu benutzen sollten, uns an sie zu ketten, als seien sie die Wahrheit selbst, sondern dass wir uns stattdessen dem öffnen könnten, was sie wirklich sein wollen: Zeugen eben jener leisen Berührungen der Erinnerung an das Leben, das sich nicht in einen Sarg legen, nicht in ein Grab versenken und nicht mit Erde zuschütten lässt: Ein Lächeln ohne Ende!

4 Hohes Gericht

Die Verhandlung würde erst in etwa einer Stunde beginnen, aber er hatte es nicht mehr ausgehalten zu Hause, endlich, endlich! war der Tag gekommen, würde Gerechtigkeit geübt, das Urteil gesprochen und die Strafe festgelegt werden! Ein halbes Jahr hatte er auf diesen Tag warten müssen, und es war ihm die längste Zeit seines Lebens geworden.

Stefan stand auf dem Gang, dem Verhandlungsraum gegenüber, an einem der hohen Fenster, die auf den tristen Hof des Justizgebäudes hinauswiesen, und trommelte mit den Fingern nervös auf der Fensterbank. ›Das sind höchstens fünf Meter‹, dachte er, den Abstand zwischen Fensterbrett und dem Asphaltbelag des Hofes taxierend; seit Monaten schon spielte er alle denkbaren Methoden durch, seinem Leben selbst ein Ende zu setzen, mechanisch, emotionslos, fast war es eine Art Sport geworden: Er hatte sich ertränkt, erhängt, vergiftet, erschossen, war aus großer Höhe in die Tiefe gesprungen oder mit hoher Geschwindigkeit an einen Baum gefahren, hatte sich erstochen und erstickt, und war dabei immer erfinderischer geworden. Diese Gedanken beruhigten ihn wie Mantras, die er ständig vor sich hinbetete.

Die Verhandlung war seine einzige Chance, die Sache noch bezahlbar zu machen. Aber was, wenn das nicht mehr möglich war, wenn sie nicht aufhören wollte, auf ihn zu starren wie ein Tier, das, bereit ihn zu fressen, nur notdürftig angekettet war: seine Schuld! Was dann? Er wollte wenigstens vorbereitet sein auf diese schlimmste aller Möglichkeiten und noch irgendwie reagieren können. Den allerletzten Schritt, den würde *er* tun.

Nur ein Augenblick! Dreißig lange Jahre besaß er den Führerschein schon, und nie war ihm auch nur das Geringste passiert! Ein Augenblick der Unaufmerksamkeit. Er war im Ärger gewesen über seinen Nachbarn, den er nicht sonderlich mochte, schon weil das Treppenhaus immerzu nach dessen Rauchexzessen roch. Und eben dieser Nachbar hatte ihn gebeten, hatte ausgerechnet ihn gebeten, ihm eine Stange Zigaretten von der Tankstelle mitzubringen, als er Stefan ins Auto hatte steigen sehen.

›Hätte ich nur nein gesagt!‹ Tausende Male hatte er sich inzwischen gefragt, wie es hatte sein können, dass eine so kleine, derart unbedeutende Sache, ein ›Ja‹ statt eines ›Nein‹ zu einer belanglosen Bitte, dass so etwas Unwesentliches, Marginales eine solch vernichtende Wirkung hatte haben können.

›Das Leben ist ein Würfelspiel‹, dachte er resigniert, ›und ich habe eindeutig die falsche Zahl gewürfelt!‹

Es war Sonntagmorgen gewesen, kaum ein anderes Fahrzeug war ihm begegnet, und als die Tankstelle auf der linken Seite aufgetaucht war, kurz vor dem Flughafen, waren ihm diese verfluchten Zigaretten wieder eingefallen, und er war ... Mein Gott! Unfassbar! Er hatte einfach nicht in den Spiegel geschaut! Nein! Nein, er hatte tatsächlich gar nicht geschaut! Sein Anwalt riet ihm, das anders darzustellen, aber er würde die Wahrheit sagen: er hatte nicht die geringste Anstrengung gemacht, sich nach hinten zu orientieren, als er von der rechten Fahrbahn der vierspurigen Alsterkrugchaussee einfach nach links über alle Spuren hinweg zur Tankstelleneinfahrt abbiegen wollte. Was für ein Fehler! Welch eine unglaubliche Dummheit! Wie hatte er einfach annehmen können, allein auf der Straße zu sein, nein, schlimmer noch: wie hatte es sein können, dass ihm nicht einmal der Gedanke gekommen war, dass er sich das zu fragen habe?

Stefan vernahm das leise Geräusch sich ihm nähernder Schritte hinter sich, versuchte es zu überhören, zu ignorieren, spürte aber deutlich, dass man ihn ansprechen würde, falls er nicht reagierte, und drehte sich um. Vor ihm stand der Vater! Er erkannte ihn sofort. Sie waren sich nur einmal kurz während der zahlreichen Vernehmungen begegnet, und Stefan hatte den ohnmächtigen, verzweifelten Blick nicht vergessen, den der Vater der Motorradfahrerin, an deren Tod er schuldig geworden war, ihm zugeworfen hatte. Jetzt stand er vor ihm, ein stattlicher Mann zwischen siebzig und achtzig, schlank, trotz seines Alters sehr kräftig wirkend, gut einen Kopf größer als Stefan, stand vor ihm und blickte ihn mit seinen klaren, intelligenten Augen direkt an, während die Furchen seines ausdrucksstarken Gesichtes und der Schatten, den der Kummer des letzten halben Jahres über ihm ausgebreitet hatte, die Geschichte erzählten, die Stefan nur zu gut kannte und von der er immer gefürchtet hatte, dass er sie eines Tages noch einmal aus dem Munde eben jenes Mannes werde hören müssen, der jetzt vor ihm stand. Aber er war in der Pflicht, das auszuhalten, es war ein notwendiger Teil seiner Hoffnung, seine Schuld doch noch abbezahlen zu können.

»Wir kennen uns ja, ich hatte gehofft, Sie noch vor der Verhandlung hier anzutreffen, hätten Sie ein paar Minuten Zeit für mich?«, fragte der alte Herr mit fester Stimme, die verriet, dass er Stefan mit einem klaren Ziel ansprach, von dem er nicht leicht abzubringen sein würde.

»Aber ja, aber ja, natürlich!«, gab Stefan tonlos zurück, »fragen Sie nur, ich werde Ihnen jede Frage beantworten.« Sein Gegenüber schien einen Augenblick lang irritiert, erkannte dann aber die Lage Stefans und erwiderte: »Sie missverstehen mich, ich will Sie nicht ausfragen über das Wie und Warum. Ich bin gekommen, um Ihnen von etwas zu berichten. Von mir zu berichten. Ich halte es für wichtig, das zu tun, für uns beide, und bitte Sie nur, mir zehn Minuten lang zuzuhören. Wären Sie damit einverstanden?«

»Selbstverständlich!«, antwortete Stefan und erlebte ein Wechselbad aus Furcht vor dem, was da auf ihn zukommen würde, und der beruhigenden Wirkung der Ankündigung, dass er nicht ausgefragt werden solle. »Ich werde Ihnen zuhören.«

»Gut«, die Züge des Vaters, die von großer Traurigkeit sprachen, entspannten sich, und er schien sich jetzt mit all seiner Kraft zu sammeln. »Ich werde kein Blatt vor den Mund nehmen: Sie können sich denken, wie es in mir ausgesehen hat in den letzten Monaten!«

Stefan wich unwillkürlich einen Schritt zurück, natürlich konnte er sich das vorstellen, er hatte sich doch immer wieder hineinversetzt in die Gefühlswelt der Familienangehörigen seines Opfers – nein, nicht Opfers, dieses Wort hatte er sich vorgenommen, nicht mehr zu gebrauchen: sein Opfer war sie nicht, es war doch ein Unglück gewesen! Aber er konnte nachempfinden, dass die Angehörigen es so sahen: er war der Täter! Er konnte das verstehen. Die meisten seiner Albträume waren aus diesem Stoff gewoben, einem Stoff, der inzwischen in Fetzen über seiner Seele hing!

Einmal hatte er den Versuch gemacht, den Vater, der allein in einem großen Haus wohnte, aufzusuchen, um mit ihm zu sprechen und ihn um Verzeihung zu bitten. Aber als er dem Haus nähergekommen war und sich vorgestellt hatte, dass er jetzt dort zur Tür hineingehen solle, durch dieselbe Tür, durch die ... Entmutigt war er umgekehrt und nach Hause gelaufen, quer durch die ganze Stadt, über drei Stunden hatte er dafür gebraucht.

»Ja, das kann ich, das kann ich, glaub' ich, sehr gut!«, antwortete er aufrichtig und senkte den Blick; aber der alte Herr verkürzte nun die Distanz zu ihm, indem er einen Schritt vortrat, und sprach mit großer Deutlichkeit:

»Nein, bitte schauen Sie mich an! Ich sagte, dass ich kein Blatt vor den Mund nehmen werde, doch ich versichere Ihnen, dass ich Sie mit diesem Gespräch nicht angreifen möchte. Ich will, dass Sie mir einfach nur ruhig zuhören!«

Zögernd hob Stefan wieder den Blick, und dabei berührte ihn ein Hauch, eine leise Ahnung, dass er vertrauen könne, dass keine Gefahr ausgehe von diesem Mann, dem er nichts als seine Bitte um Gnade entgegenzusetzen hätte, würde er ihn töten wollen. Er spürte, dass es hier nicht um ein Abrechnen, nicht um Rache ging, sondern um etwas ganz anderes, etwas, das irgendwie schon da, aber für Stefan noch vollkommen unfassbar war.

»Ich habe Sie gehasst, ja!«, jetzt war es der alte Mann, der seinen Kopf ein klein wenig senkte. »Ich habe Sie in die Hölle gewünscht, Sie waren für mich die Ursache allen Unheils, der Zerstörer meines Lebens. Bis gestern. Am Morgen noch hatte ich beschlossen, Sie genau hier und jetzt aufzusuchen, um Ihnen all meinen Gram an den Kopf zu werfen, meine Verzweiflung loszuwerden, endlich diese schier untragbare Last von mir zu schleudern, die mich fast umgebracht hätte nach Susannes Tod. Ich bin vierundsiebzig Jahre alt, ich hätte es wirklich fast nicht überlebt! Und an allem waren Sie schuld, nur Sie!«

Stefan schaute dem derart Klagenden immer noch in die Augen und sah und hörte zu seinem großen Erstaunen und zu seiner noch größeren Erleichterung, dass dieser heftigen Rede ganz offensichtlich die Spitze fehlte, die sich eigentlich hätte gegen ihn richten müssen: Das war nur noch die Erinnerung an eine Anklage gegen ihn, die ihn aber nicht mehr traf, eine Anklage, die nicht mehr wirksam war!

»Gestern Abend ging ich früh zu Bett. Lange fand ich keine Ruhe«, fuhr der Erzählende fort, »es wurde weit nach Mitternacht, bis ich endlich einschlief. Und mir träumte von Susanne. Ich sage: ›träumte‹, und das war auch so, es war ein Traum! Aber ich war wohl nie wacher als in dieser Zeit des Träumens. Ich hatte das durchdringende Gefühl, ja die Gewissheit, dass diese Begegnung mit ihr tatsächlich geschah, ich wusste sogar, dass ich träumte, und dennoch war ich meiner Tochter so nah wie in den intensivsten Momenten mit ihr, als sie noch lebte. Sie sprach von Anfang an sehr eindringlich mit mir, so wie ich jetzt mit Ihnen – es kommt mir überhaupt so vor, als gäbe ich nur weiter, was ich heute Nacht erlebt habe, als sei ich lediglich eine Art Vermittler – aber gut: Anfangs ließ sie mir noch ein wenig Raum, ich wollte mich so gerne mit ihr an all die alten Geschichten erinnern, die uns verbinden. Sie müssen wissen, die Beziehung zwischen ihr und mir war sehr liebevoll. Sie hatte etwas Ruhiges, etwas Leises, wir verstanden uns ohne viele Worte, es war stets dies Unauslöschliche zwischen uns, ja: Liebe, auch wenn wir dieses Wort nie aussprachen, wenn es um uns ging. Jetzt taten wir es. Jetzt, in diesem Traum, sprachen wir über unsere Liebe. Und da wurde Susanne plötzlich ernster, ich spürte, dass sie ihr Ziel schon sah, dessentwegen sie mich in dieser Nacht aufsuchte. Sie sagte plötzlich: ›Vater, die gemeinsame Zeit war sehr schön: wir haben Liebe zwischen uns erfahren, aber – und hör' mir jetzt gut zu!‹ – so sprach sie mit mir! – ›hör mir zu: wir haben die Liebe dennoch vollkommen falsch verstanden!‹

Ich war sehr irritiert. ›Aber Kind!‹, antwortete ich, ›wie kann das sein, wie haben wir die Liebe falsch verstehen können, wir haben sie doch erlebt!‹

›Wir haben sie nicht überall gesehen, sondern nur hier und da und zwischen uns beiden‹, sagte sie einfach und schwieg dann, und ich schwieg ebenfalls, verstand nicht, ahnte höchstens, wohin dieses Gespräch gehen sollte; vor allem aber spürte ich, dass ich alles andere als sicher war, ob ich verstehen wollte. Und dann, dann kam sie behutsam und dennoch sehr energisch auf mich zu, vollkommene Sicherheit sprach aus jeder ihrer Bewegungen, als gäbe es nur diesen einen Weg noch, den sie zu gehen hätte, machte die wenigen Schritte auf mich zu, die letzten Schritte, die uns noch voneinander trennten, und als sie unmittelbar vor mir stand, sprach sie diesen einen Satz, der mich in den Abgrund stieß: ›Vater, versteh' recht, was ich dir jetzt sage: Wenn du deinen Vorwurf, mit dem du Stefan‹ – sie sagte ›Stefan‹, als seien Sie ihr seit langer Zeit vertraut! – ›mit dem du Stefan seit unserem Unfall belastest, dieser unglücklichen Begegnung, die aus Selbstvergessenheit geschah, seiner und auch meiner, wenn du dein Denken, er sei schuldig, nicht vollständig – und ich meine wirklich: ohne jeden Rest! – von ihm fortnimmst, dann wirst du es sein, der mich getötet hat!‹

So sprach sie, und ich stürzte in den Abgrund dieses Wortes, aber es war ein Abgrund des Verstehens: In einem Gefühl totaler Bodenlosigkeit und dennoch von Susannes unendlicher Liebe getragen begriff ich ... alles, begriff das Leben in seiner Gänze, seiner Totalität, seiner Unversehrtheit – und vor allem sah ich seine tiefe, absolute Unschuld. So wachte ich auf, man könnte sagen: in Susannes Armen.«

Hier atmete der Erzähler tief durch: er hatte sein Ziel erreicht, gesagt, was er hatte sagen müssen, und fügte nur hinzu: »Ich werde keine weiteren Versuche machen, das alles zu erklären oder zu deuten; so weit reichen meine Worte und nicht weiter. Ich glaube aber zu sehen, dass Sie mein Bericht nicht unbeeindruckt gelassen hat ... es würde mich jedenfalls aufrichtig freuen.«

Stefan hatte in der Tat nur noch staunend zugehört, war gänzlich wehrlos erfasst von dem, was ihm da gesagt worden war, bis an den Rand eben jenes Abgrundes geraten, aus dem das Wesentliche der Erzählung des jetzt sichtlich erleichterten Vaters gekommen zu sein schien.

»Ich denke, da will Sie noch jemand sprechen«, sagte dieser jetzt in das Schweigen Stefans hinein, indem er auf dessen Anwalt deutete, der schon seit geraumer Zeit ungeduldig, aber in respektvollem Abstand abwartend die beiden Männer beobachtet hatte.

»Ja, es wird wohl Zeit«, antwortete Stefan, der wieder der Situation gewahr wurde, in der er sich befand, »ich ... ich danke Ihnen von Herzen!«

»Leben Sie wohl, ich wünsche Ihnen alles Gute für die Verhandlung und werde an Sie denken«, der alte Herr reichte Stefan die Hand und verabschiedete sich von ihm, und Stefan, dessen Gedanken nur langsam zu ihrer gewohnten Ordnung zurückfinden wollten, blieb noch einen Augenblick lang stehen, um ihm nachzuschauen, wie er aufrecht und festen Schrittes in Richtung Treppenhaus davonging.

Dann begrüßte er seinen Anwalt, der ihn mit fragenden Blicken anschaute, die unbeantwortet blieben, betrat den Saal, in dem über ihn gerichtet werden sollte, sah sich gründlich um in dem Raum, den ihm seine Furcht in den letzten Monaten immer wieder ausgemalt hatte – und atmete auf.

5 Der Dritte im Bunde

»Ich bin Nihilist!« Er sagte es mit fester Stimme, und sein Stolz war unüberhörbar, mit dieser Selbsteinschätzung Vernunft und Realität das Wort geredet zu haben, genauso unüberhörbar allerdings wie sein Zweifel an dieser radikalsten aller Absagen an Glaubensbekenntnisse jedweder Art: »Ich bin Nihilist!«

Wir waren uns gestern in einem kleinen Café in Kühlungsborn begegnet. Es war sehr kalt und windig gewesen an diesem Tag und hatte heftig geschneit, so dass sich die wenigen Touristen, die um diese Jahreszeit in den Ort gekommen waren, bevorzugt in den Cafés und Restaurants aufgehalten hatten.

Ich hatte mich an seinen Tisch, an den einzigen noch freien Platz im gesamten Café gesetzt, die winterliche Ostsee im Blick, und so waren wir ins Gespräch gekommen.

Matthis kam wie ich aus Hamburg, aus einem unbestimmten Gefühl der Sympathie heraus hatten wir uns gleich mit dem »Du« angeredet. Das Gespräch war, nachdem es sich aus den üblichen Wetterbetrachtungen erlöst hatte, eine ganze Weile um unsere Vorliebe für diesen von Hamburg aus leicht erreichbaren Ostseeort gekreist, um die Kraft und die Ruhe, die man hier, umgeben von frei atmender Natur, empfinden konnte, als er unvermittelt die Frage gestellt hatte, ob ich Christ sei.

Ich hatte nicht weiter nachgefragt, wie er zu dieser Vermutung gekommen sei, sie mit einem einfachen »Ja«

bestätigt und war froh gewesen, dass er sich mit dieser schlichten Antwort zufriedengegeben zu haben schien.

Jetzt, auf unserem Morgenspaziergang, zu dem wir uns gestern noch verabredet hatten, zeigte sich also, dass ich mich mit dieser Einschätzung geirrt hatte.

»Nihilist, ein großes Wort!«, erwiderte ich, in der Hoffnung, der Kelch einer weltanschaulichen Diskussion könne doch noch an mir vorübergehen. Gespräche dieser Art hatte ich selten als fruchtbar erlebt, allzu oft verirrte man sich dabei in einem Labyrinth aus stillschweigenden, unhinterfragten Voraussetzungen und verfing sich in der Versuchung, mit seinen Definitionen eigene Vorstellungen als allgemeingültige Wahrheiten fixieren zu wollen, anstatt sich etwas Ungreifbarem wie der Wahrheit zu öffnen, ohne seine persönlichen Festlegungen mitzubringen. Was ist ein ›Christ‹, was ein ›Nihilist‹, was heißt ›glauben‹?

Jedenfalls hatte es mir bisher immer als seltene Sternstunde gegolten, wenn ein solches Gespräch doch einmal gelungen war, alle Beteiligten es gar als Inspiration erlebt hatten, es war mir dann immer so vorgekommen, als habe in diesen glücklichen Momenten das Leben selbst die eigentlichen Antworten gegeben.

Meine Hoffnungen, doch noch zu einem beschaulichen Spaziergang zu kommen, musste ich endgültig aufgeben, als Matthis, als sei er gut vorbereitet, meinen Einwurf sofort parierte. Mit dem feinen Lächeln eines Schachspielers, der weiß, dass er einen genialen Zug machen wird, sagte er: »Na schön, dann bin ich ein Agnostiker, ja, das ist gut: ich bin ein Agnostiker!«

Agnostizismus – viel hätte ich aus dem Stegreif nicht mehr über diese philosophische Richtung sagen können, meinte jedoch zu erinnern, dass sie vor allem theologische Fragen zwar stellte, sie aber gleichzeitig für prinzipiell unklärbar hielt.

›Das ist ja pfiffig!‹, dachte ich, ›aus dem absoluten Nichts des Nihilismus wird plötzlich ein Nichts, das man diskutieren kann, und erst nach genauer Prüfung sämtlicher theoretischer Möglichkeiten, irgendetwas zu erkennen, kommt man zu der Erkenntnis, dass man nichts erkennt, und schließt daraus, dass nichts zu erkennen ist! Jedenfalls keine Zeugen oder gar Beweise einer spirituellen Wahrheit.‹ – Da schien mir Sokrates' ›Ich weiß, dass ich nichts weiß‹ doch entschieden erwartungsvoller auf den Horizont des Erkennbaren zu schauen!

Mit der diskreten Umetikettierung seiner philosophischen Einstellung hatte Matthis allerdings – und wer weiß, vielleicht war das seine Absicht und damit wirklich ein kluger Schachzug von ihm – meine Neugier und Denklust angestachelt. Umso größer war mein Erstaunen, als ich – gerade ausholend zu einer entsprechenden Antwort – bemerkte, dass nun er es war, der an einer Fortsetzung des Gesprächs das Interesse verloren zu haben schien. Er war stehengeblieben und hob mit großer Geste die Arme, atmete tief die kalte Meeresluft ein und begann, von den Schönheiten der Natur zu schwärmen.

– Wie soll ich es sagen? Von diesem Moment an empfand ich eine Art augenzwinkerndes Einverständnis zwischen uns, etwas ... Drittem Raum zu geben. Wir verließen die befestigte Strandpromenade und gingen hinunter auf den von Schnee überfirnissten Sandstrand, angezogen vom Brandungsrauschen, das in unzähligen sich brechender Wellen von deren Herkunft aus der Urkraft des Meeres sprach.

Eine Weile noch sahen wir dem Tanz der Wellen, dem Formenspiel der Wolken zu, fuhren mit unseren Blicken die fein gezogene, leicht gekrümmte Linie nach, an der sich Himmel und Meer zu treffen und zu trennen schienen.

Schließlich gingen wir weiter, und wunderbarerweise empfand ich, dass sich unser Gespräch, das gestern begonnen hatte und bisher im Kern aus nicht viel mehr als drei Worten bestand, in unserem Schweigen fortsetzte, sich ausweitete und dabei an Tiefe gewann; eine Art Nähe entstand, eine Unmittelbarkeit.

Irgendwann machte mich Matthis mit einer kleinen Kopfbewegung auf etwas aufmerksam: Etwa zwanzig Meter vor uns, dort, wo der Sandstrand in kleine, grasbewachsene Dünen überging, kauerte ein Mann in höchst eigenartiger Stellung am Boden. Den Kopf zwischen die Knie geklemmt, die Hände hinterm Nacken verschränkt, dadurch das Gesicht nach unten gerichtet, machte er den Eindruck, als wolle er sich in eine möglichst kleine Form zusammenfalten.

»Lass' uns lieber hingehen!«, schlug Matthis vor, »vielleicht braucht er Hilfe.«

Der Mann regte sich zunächst nicht, als wir durchaus hörbar auf ihn zugingen. Erst, als Matthis ihn ansprach, löste er seine Hände aus ihrer Verschränkung und hob seinen Kopf. »Geht es Ihnen gut? Können wir Ihnen helfen?«, fragte Matthis und erschrak im ersten Moment genau wie ich über das Antlitz, in das wir blickten:

Die Gesichtszüge des vielleicht fünfunddreißigjährigen Mannes waren mehr als unruhig, kamen sich sozusagen selbst in die Quere, sein Blick schien zu flackern wie ein Kerzenlicht im Wind, und sein Mund stand in vollkommener Ausdruckslosigkeit offen, als habe er noch nie ein Wort gesprochen.

Als er dann aber doch antwortete, klang seine Stimme im Kontrast zu dem Anblick, den er bot, ganz arglos, in einem fast zutraulichen Ton sagte er: »Mir kann man nicht helfen. Die Russen hätten meinen Vater nicht erschießen sollen, er wollte ihnen nichts Böses!«

Bevor noch einer von uns antworten konnte, fuhr er fort: »Mein Vater hat sich aufgehängt!«

Ein Frösteln ging durch mich hindurch bei dieser den Verstand überfordernden Rede, und aus dem Augenwinkel sah ich, dass auch Matthis unwillkürlich einen Schritt zurückwich.

Der Mann saß immer noch in der Hocke, die Ellbogen jetzt auf den Knien abgestützt und die Arme nach vorne weggestreckt, so dass die Handflächen nach oben wiesen. Geben- und Habenwollen schienen sich gleichermaßen auszudrücken in dieser Geste, ununterscheidbar.

Als habe er Mitleid mit uns, gab er eine Art Erklärung ab: »Ich bin geisteskrank, sie haben mich falsch behandelt, ich werde Anzeige erstatten!«

Immer noch sprach er in diesem harmlosen, kindlich-vertrauensvollen Ton. Gleichzeitig aber umgab ihn eine Art Vakuum, ein Niemandsland, und mein Frösteln verdichtete sich zu einer leisen Angst, in diese Aura der Ungewissheit weiter hineingezogen zu werden: da war kein Boden, das war der schiere Abgrund!

Auch bei Matthis sah und spürte ich das Unbehagen vor dieser brückenlosen Schlucht, die uns von diesem vor uns kauernden Menschen trennte.

»Sie haben über Gott gesprochen!«, sagte er jetzt ganz unvermittelt.

»In der Tat, also gewissermaßen!«, antwortete Matthis, sichtlich erleichtert über diese zwar überraschende, aber immerhin konkrete Feststellung.

»Fragen Sie sich, woher ich das weiß?«, kam es jetzt von unten herauf, und ich antwortete spontan und aufrichtig: »Ja, das frage ich mich tatsächlich!«

Jetzt aber schien er wie in sich zurückzusinken, sagte nichts mehr, schaute mich zwar irgendwie an, doch stieren Blickes, der mitten durch mich hindurchzugehen schien, ohne noch etwas wahrzunehmen ... aber nein, ich täuschte mich, nicht »stier« war sein Blick, er starrte nicht, nein, jetzt sah ich es anders: es war vielmehr, als ob er wartete, wartete wie seit Ewigkeiten, wartete auf Antwort, Antwort auf sich. Es war wie ein uraltes Horchen, das ich – gewissermaßen sah ...

... und da war keine Schlucht mehr, kein Abgrund zwischen uns und diesem Menschen: ich erkannte dies Warten, dieses Horchen als das meine, und ich hatte vor mir keinen Geisteskranken mehr, sondern meinen Bruder, den Bruder, wie er jetzt aufstand, um mir die Hand zu geben: »Ich muss gehen. Auf Wiedersehen. Ich muss Anzeige erstatten!«

Für einen Moment blickte er mir in die Augen, das Flackern war verschwunden, so als sei die Kerze erloschen – und gerade dadurch sei es heller geworden!

Ganz behutsam nahm er meine Hand in die seine, drückte sie leicht, wie man es tut, wenn man sich über etwas geeinigt hat, und reichte dann auch Matthis die Hand.

»Alles Gute und auf Wiedersehen!«, sagte Matthis, und ein Lächeln huschte über das Gesicht des Mannes wie eine ferne Erinnerung, bevor er sich umdrehte und schwerfälligen Schrittes davonging.

Auf dem Weg zurück sprachen Matthis und ich kein weiteres Wort miteinander. Erst als wir uns trennten, verabredeten wir uns für den nächsten Morgen zu einem gemeinsamen Spaziergang.

6 Des Pfeiles freier Flug

Auf der Suche nach seinem Heiler blieb Robert zunächst nichts anderes übrig, als sich an einen Arzt zu wenden.

Die Schmerzen in seinem Körper hatten sich ausgeweitet, waren tiefer, unerbittlicher geworden, hatten drängender nach Antwort verlangt.

Seine ersten Kontakte mit den Ärzten wurden ihm allerdings zur Enttäuschung, und so gab ein verhaltener Zorn seinen Gedanken die Richtung: Als »Kassenpatient« – er hatte immer empfunden, dass, wenn es Wörter gäbe, die Krankheiten auslösen könnten, dieses auf jeden Fall dazugehören würde – stand ihm nur der Weg offen in die von ihren selbstgemachten Regeln in den Vollautomatismus gehetzten Krankenbetriebe – oder sollte man sagen: »kranken Betriebe«? –, die primär das möglichst effektive Durchschleusen der Patienten durch den Parcours der zu amortisierenden Diagnostikgeräte zum Ziel hatten.

So jedenfalls hörte er sich selbst klagen, als er den dritten Versuch als gescheitert ansehen musste, einen Arzt zu finden, der nicht derart vom Zeitdruck gepeinigt gewesen wäre, dass Robert schon allein den Gedanken, ein Gespräch mit ihm könne möglich sein, als absurd empfunden hätte. Ganz offensichtlich war alles darauf ausgerichtet, zeitraubende Erörterungen, an denen sich der Patient womöglich noch beteiligen wollte, auszuschließen. Das Tempo und der stete Druck, Meinung und Verstehenwollen dem Experten überlassen zu sollen, hatten Robert wie hinausgespült aus dieser Welt der abgemessen-definierten Gesundheit, und er kam zunächst zu dem Schluss, dass Antwort dort nicht zu finden sei. Die Diagnoseschnipsel, die ihm mitgegeben worden waren, warf er, statt sie zu einem Phantasiebild zusammenzukleben, entschlossen hoch in die dünne Luft des Vergessens und ließ sie vom Wind davontragen in der Hoffnung, dieser wisse schon, wo sie hingehörten. Dabei wurde ihm bedeutend leichter, fast bildete er sich ein, dieser Akt entfalte eine therapeutische Wirkung, übe einen lindernden Einfluss auf seine Schmerzen aus.

Unvernünftig aber konnte und wollte er nicht sein. Er brauchte Hilfe, und so gab er seine Suche nicht auf. Robert erinnerte sich an den Namen eines Arztes, den er in einer der drei Praxen, denen er entronnen war, gehört hatte: Während des stundenlangen Ausharrens, bis er aufgerufen worden war, im ›Wartezimmer‹ – ein Wort, das für Robert einen magischen Klang hatte, der ihn seit Kindheitstagen an den Geruch von Desinfektionsmittel, das aller Krankheit den Atem zu nehmen schien, an das verhaltene Getuschel einiger Wartender, die von den stummen Gesichtern der anderen bewacht wurden, und an das leise Umblättern von Illustriertenseiten erinnerte – in dieser niedergedrückten Atmosphäre, die er auch hier wiedergefunden hatte, waren doch auch ein paar wenige helle, lebendige Töne zu hören gewesen: die Fragen eines Kindes, das vom Kranksein noch nichts wusste, das Gespräch zwischen zwei Frischverliebten, die immun waren gegen alle Anfechtungen ihres Glücks, oder der mutige Vorstoß eines älteren, gebrechlichen Herren, der einen Arztwitz zum Besten gegeben hatte – köstliche Ausnahmen einer tristen Normalität.

Als heller, freundlicher Klang hatte sich in seiner Erinnerung auch der Name, der ihm jetzt wieder eingefallen war, aus der Geräuschkulisse des wartenden Zweifelns, Bangens und Hoffens herausgehoben: Zwei Mitwartende hatten gut, er meinte jetzt im Nachhinein sogar: herzlich über einen Arzt gesprochen, der in einer anderen Stadt praktizierte, und Robert ließ sich von diesem Eindruck leiten, nahm den weiten Weg auf sich und stellte sich eben jenem Arzt vor.

Und in der Tat fand er hier die Unterstützung, die er sich erhofft und das Gespräch, das er bisher vermisst hatte: gemeinsam trug man alles zusammen, was sich sagen ließ zu dem Ungleichgewicht in Roberts körperlichem Befinden, machte sich ein Bild von der Situation, ohne zu leugnen, was noch nicht zu fassen war oder vielleicht auch nie zu fassen sein würde. Robert sah es als großes Glück an, hier auf einen Arzt zu treffen, der offensichtlich noch willens und in der Lage war, nicht nur aus der Perspektive des Experten, sondern auch aus der Roberts, aus dem Blickwinkel des Ratsuchenden heraus zu denken, und er empfand auch bei den Untersuchungen, die der Arzt in aller Ausführlichkeit an ihm vornahm, ein aufmerksames, fragendes Erforschen und ein aufrichtiges Interesse, ihm in einem umfassenden Sinn zu helfen. Dankbar verließ er die Praxis, auch wenn das gründliche Zuhören des Arztes mit sich gebracht hatte, dass dieser Roberts Schilderungen sehr ernst genommen und ihn an eine ganze Reihe von Spezialisten überwiesen hatte, zu weiteren Untersuchungen.

Robert war also dem Medizinbetrieb nicht entkommen, ganz im Gegenteil: er würde eine ganze Weile tief hineingeraten, bis sich die Experten eine Meinung gebildet haben würden, und nach der Mehrzahl seiner bisher gemachten Erfahrungen war ihm nicht recht wohl bei dieser Vorstellung.

Die Zeichnung eines Gesichtes, ein Bild vom Schmerz. Wie doppeldeutig das ist: Die Zeichnung eines vom Leben gezeichneten Gesichtes!

Der Künstler, wie lange mag er gebraucht haben für dieses Werk, ... es wirkt wie hingeworfen, zehn Minuten, zwanzig? Wie kann es sein, dass es mir so viel sagt, so stark zu mir spricht? Wer hat den Stift geführt, nur die Linien sind noch da, die er auf weißem Papier hinterlassen hat, und trotzdem: sie bilden diesen stummen, geschlossenen Mund, der so deutlich, wie ich es in Worten noch nie gehört habe ... der zu mir vom Schmerz spricht!

Das Gesicht: von Hunderten feiner Striche überzeichnet, die einander in die Quere kommen, sich kreuzen, die Ordnung der Gesichtszüge stören. Ganz fein scheinen sie dem Antlitz aufzuliegen, ein Windhauch würde sie wegwehen ... und dennoch: dieses Gesicht ist an sie gekettet, an sie festgeschweißt, von ihren Ausgrenzungen, ihren Widersprüchen, ihren auslöschenden Energien wie angesaugt und teilerstarrt – gelähmt, wo sie sich schneiden.

Was ist dir passiert? Was hast du gesehen? Welcher Schrecken hat dich überwältigt, welche Worte, im Vertrauen gegeben, sind dir gebrochen an der harten Kante

der Verleugnung, welche Sicherheiten zerbröckelt, welche Liebe ist dir in Feindschaft umgeschlagen oder einfach verloren gegangen?
Der Schmerz, hier steht er geschrieben!

Der Arzt, der Robert gegenübersaß und der ihm jetzt eine Frage stellte, war der letzte der Spezialisten, die aufzusuchen ihm empfohlen worden war.

Langsam löste Robert seinen Blick von dem Bild, das hinter dem Schreibtisch an der Wand hing, und beantwortete die Frage, woraufhin der Arzt fortfuhr, seine Erkenntnisse, die er mittels seiner Apparaturen über Roberts Gesundheitszustand gewonnen hatte, auf seine Computertastatur zu übertragen.

Dies also war die letzte Station seiner kleinen Odyssee durch die Welt der Gesundheitsexperten auf der Suche nach einer Diagnose – einer Ursache und einem Namen für seine Schmerzen.

Man hatte ihn vermessen und gewogen, hatte mit spitzer Nadel in ihn hineingestochen, um seines Blutes habhaft zu werden und es nach verräterischen Spuren einer Krankheit untersuchen zu können, hatte mit dem Hörrohr in ihn hineingehorcht, mit dem Echolot in den Wald seiner Strukturen gerufen und registriert, was zurückkam, Aufzeichnungen seiner Herzströme angefertigt auf der Suche nach verdächtigen Umwegen, die diese womöglich durch den Herzmuskel nähmen, ihm kleine Elektroschocks verabreicht, um zu erfahren, ob seine Nerven sich artgerecht verhielten, hatte seine Lunge auf ihr Fassungsvermögen und andere Fähigkeiten hin untersucht, von denen er bis dato noch nie etwas gehört hatte, und ihn zu guter Letzt in einen engen Tunnel geschoben, um seine Wirbelsäule in möglichst allen Details sichtbar zu machen. Odysseus hatte erheblich gefährlichere Abenteuer bestehen müssen, keine Frage!, aber dieser Tunnel, diese Röhre, die sie »Magnetresonanztomograph« nannten – ein Apparat, der sicherlich genau so teuer wie sein Name lang war – dieses Ding, in das man eingefahren wurde wie der Braten in den Ofen und in dem man dann eine gute halbe Stunde allein gelassen war in gnadenloser Enge und umgeben von nicht nur höllisch lauten, sondern vor allem höchst befremdlichen Geräuschen wechselnder Intensität, die aus unterschiedlichen Richtungen auf den wohl in den wenigsten Fällen geneigten Zuhörer eindrangen, dieses High-Tech-Ungeheuer konnte schon an einen neuzeitlichen Hybriden aus dem einäugig seine Höhle bewachenden, männerverschlingenden Riesen Polyphem und den Sirenen erinnern, die mit in ihrem Fall zwar betörenden, aber ebenso ohrenmarternden Gesängen dem an einen Schiffsmast festgebundenen Helden zugesetzt hatten!

Odysseus hatte diese Herausforderungen mit großem Heldenmut und beeindruckenden Taten gemeistert. Robert dagegen, als der Ofen beschlossen hatte, dass der Braten fertig sei und er wieder ausgefahren werden könne, war einfach nur froh gewesen, dass die Sache nun endlich vorbei war. Und so hatte er sich lediglich zu der eher mäßig heldenhaften Bemerkung aufschwingen können, dass das Konzert, das ihm da geboten worden sei, entschieden nicht seinem Musikgeschmack entsprochen habe, was von der eigentlich recht netten, wenn auch etwas wortkargen Dame, die den Apparat bedient hatte, mit kaum mehr als einem müden Lächeln quittiert worden war.

Der Arzt hatte nun alle Ergebnisse eingetippt und richtete sich hinter seinem Schreibtisch auf, um sie Robert mitzuteilen.

»Ich habe nichts Krankhaftes finden können«, sagte er mit einem Bedauern in der Stimme und fügte, als er Roberts fast entsetzten Blick ob dieses Bedauerns sah, schnell hinzu: »Das ist selbstverständlich gut, aber hilft Ihnen ja leider nicht weiter!«

Etwas verunsichert antwortete ihm Robert, dass er es, ganz im Gegenteil, als große Hilfe empfinde, zu hören, dass nichts Auffälliges zu finden gewesen sei, und er verabschiedete sich von dem Arzt, der ihm dasselbe ›negative‹ Ergebnis mitgeteilt hatte wie alle anderen Spezialisten zuvor.

Beim Hinausgehen wurde er ein wenig nachdenklich, fast traurig, denn ihm schien, dass in eben jenem Bedauern, das er bei allen Experten empfunden hatte, und das fast wie ein Gekränktsein klang, ihm nichts Handfestes mitgeben, ihm nicht mit einer klaren Diagnose weiterhelfen zu können, dass darin etwas lag, was ihm wie eine Ohnmacht dem Nichtgreifbaren gegenüber vorkam, die vielleicht, so dachte Robert, gar nicht sein müsste. Sollte er sich nicht zunächst einmal nur freuen, dass der Kelch einer vielleicht ernsten Erkrankung an ihm vorübergegangen war? Und war es nicht vernünftig, dem Unbegreiflichen zuversichtlich zu begegnen? Hatte ihm nicht, wenn es still geworden war in ihm und er aufrichtig zugehört hatte, das Leben selbst immer wieder davon gesprochen, dass alles so, wie es sei, zu seinem Weg gehöre, dass sich alles, was er finden solle, auch finden werde und Vertrauen die rechte Antwort auf das Ungewisse sei? Das Bild an der Wand – jetzt wusste er plötzlich, warum es ihn so tief angesprochen hatte: es sprach von der Hoffnung, dass dieses Vertrauen gerechtfertigt sei.

Kurz vorm Ziel, zwischen dem elften und dem zwölften Stockwerk, blieb der Aufzug stecken. Das hätte Robert weiter nichts ausgemacht, er hatte hier im Gesundheitszentrum keinen Termin, den er hätte verpassen können, sondern wollte lediglich einen Untersuchungsbefund abholen, und er ging davon aus, dass die Panne schnell behoben sein würde.

Unangenehm war nur, daß er nicht allein war: neben ihm stand ausgerechnet jener Arzt, an den er sich zu Beginn seiner Gesundheitsreise mit seinen Fragen gewandt und von dem er sich nach den knapp drei Minuten ihrer Begegnung einigermaßen aufgebracht verabschiedet hatte, weil in ihm das Gefühl aufgekommen war, von diesem Arzt überhaupt nicht wahrgenommen worden zu sein.

Der unliebsame Mitreisende hatte inzwischen den Notrufknopf betätigt und mit dem Aufzugservice sprechen können, der versichert hatte, dass sofort Hilfe kommen werde. Robert war die leicht zitternde Stimme des Arztes aufgefallen, und als dieser sich jetzt zu ihm umwandte, sah er, dass ihm Schweißperlen auf der Stirn standen.

»Geht es Ihnen nicht gut?«, sprach er ihn an, das unangenehme Gefühl der Wiederbegegnung war ihm verflogen bei dem Anblick eines nach Hilfe rufenden Gesichtes.

»Nein, mir geht's wirklich nicht gut. Ich hab' extreme Platzangst. Aufzug fahren geht, aber stecken bleiben darf er nicht. Scheiße!« Das Kraftwort funktionierte zuverlässig, es schien ihm sofort etwas Erleichterung zu verschaffen.

Robert hatte solch eine Situation noch nicht erlebt, und seine Vorstellungen, wie er helfen könne, griffen zunächst daneben: »Sagen Sie mir, was ich für Sie tun kann«, bot er an, »soll ich Ihre Hand halten? Ich kann Sie auch umarmen, oder ... ?«

»Nein, nein, wirklich nicht, Umarmen ist ungut bei Platzangst«, der Arzt lachte kurz auf, aber das Lachen blieb ihm regelrecht im Halse stecken, die Angst war mächtiger.

Er tat Robert leid – wie fragil er wirkte, wie von Grund auf verunsichert! Jetzt lehnte er sich mit dem Rücken an die Robert gegenüberliegende Seitenwand der Aufzugskabine und suchte zusätzlichen Halt, indem er sich am Handlauf abstützte.

»Aber reden könnten Sie mit mir, reden hilft meistens!«

»Gut, worüber sprechen wir? Ich nehme an, nicht gerade über Angst?«

»Doch, doch! Mitten rein, das ist am besten. Kennen Sie auch so etwas wie Platzangst?«

Robert zögerte: »Ich weiß nicht – eher nicht – obwohl: Angst ist mir natürlich nicht fremd. Und neulich, in der MRT-Röhre – vielleicht kann man das ja Platzangst nennen – da war mir schon kurz mulmig!«

»Oh, dann kennen wir uns, Sie müssen entschuldigen, es sind so viele Patienten ...«

Robert, erinnert an ihre erste Begegnung, musste denken: ›Kennen? Wohl eher flüchtig!‹, aber er empfand keinen Groll mehr gegen diesen Arzt, der gerade dabei war, die obersten Hemdknöpfe zu öffnen, um freier atmen zu können. »Vor etwa vier Monaten war ich bei Ihnen wegen meiner Schmerzen.«

»Ach ja, natürlich«, gab sein Gegenüber zumindest vor, sich zu erinnern, aber Robert sah in seinem Gesicht die Bitte, weiter über sich und die Angst reden zu dürfen, und er versuchte, so gut es ging darauf einzugehen, indem er sagte: »Wir haben vielleicht alle irgendwo die Angst, der Boden unter unseren Füßen könne nicht wirklich sicher sein, oder ahnen vielmehr, dass er es tatsächlich nicht ist, was meinen Sie?«

Robert war an den Punkt gekommen, an dem er sich entschlossen hatte, alle Überlegungen, wie er am besten helfen könne, beiseite zu lassen und zu versuchen, ein ganz normales Gespräch zu führen, wie man das in der Kneipe zu solch einem Thema vielleicht auch getan hätte.

»Der Boden! Da sagen Sie was! Es ist wirklich das Gefühl, dass einem der Boden unter den Füßen weggezogen wird, und das hier!« Der Arzt deutete auf den dünnen Stahlboden der Aufzugskabine, und eine Weile lang beschäftigten sich die Gedanken beider Zellengenossen wortlos und dennoch fast hörbar mit der Abschätzung der Entfernung, die man wohl im freien Fall zurücklegen müsste, sollte der Aufzugsboden herausfallen oder die Kabine in toto den Schacht hinunterstürzen.

»Aber Sie haben ganz recht!«, im Gesicht des Gepeinigten funkelte jetzt ein Gran Humor, der auf Robert sehr beruhigend wirkte, wie ein Zeichen, dass die Richtung des Gesprächs stimme.

»Ich bin da ganz Ihrer Meinung, aber ich fürchte, die meisten Menschen können diese Angst besser vor sich verbergen als ich.«

»Soll man das jetzt gut finden oder schlecht?«, gab Robert zurück, der das Thema zunehmend interessant fand, was ihn weiter beruhigte, offensichtlich war die größte Spannung aus der Situation heraus.

»Was meinen Sie?«

»Warum sich damit verstecken? Wären Offenheit und Solidarität nicht besser?«

»Solidarität in dem Eingeständnis, dass wir alle auf unsicherem Boden stehen? So etwas gibt es nicht, das gesteht sich niemand zu, wenn er nicht muss!« Die Antwort des Arztes klang entschieden und gleichzeitig resigniert.

»Aber das müsste man dann doch unklug nennen! Ginge das nicht irgendwie an der Wirklichkeit vorbei?«

Roberts Rede kam in Fahrt:

»Gut und schlecht, richtig und falsch, was wir gelten lassen und was nicht, also doch auch, was wir glauben zu sein, weswegen wir hier sind und was der Sinn unserer Begegnungen ist: unsere Weltanschauung! Woher beziehen wir überhaupt die Sicherheit, dass sie die richtige ist? Ist diese Sicherheit nicht letztlich eine Wahnvorstellung?«

»Aber was wäre die Alternative?« Auch der Arzt schien jetzt zunehmend Gefallen am Diskutieren zu finden: »Wir müssen doch den Rahmen, in dem wir die Dinge sehen, unter Kontrolle halten, eben um uns nicht verunsichern zu lassen, jedenfalls möglichst nicht mehr als durch eine letztlich harmlose Platzangst.«

»Die Alternative« – Roberts Rede stockte kurz – »wäre ein echter, wirklich sicherer Boden, den man nicht mehr kontrollieren müsste«, sagte er und wusste selbst noch nicht ganz genau, was er damit meinte, es wurde ihm erst klarer, als der Arzt nachfragte: »Was meinen Sie mit einem echten Boden, wo gibt es denn etwas ganz Sicheres?«

»Aber haben Sie nie so empfunden, dass es etwas Absolutes geben muss, etwas außerhalb des Bezweifelbaren, etwas, in das man sich hineinfallen lassen kann in jeder Situation?«, fragte Robert und sah, wie sein Gegenüber kurz versucht war, die Rede wörtlich zu nehmen: Wie um eine Antwort zu finden, schaute der Arzt nach unten auf den Aufzugsboden, schüttelte sich dann aber, als ob er sich von den letzten Resten seiner Angst befreien wolle, sah wieder auf und blickte Robert in die Augen: »Ich weiß nicht, geträumt hab' ich wohl gelegentlich davon, vielleicht ist diese Ahnung in mir, dass man seine Kontrolle wirklich lockern oder sogar aufgeben könnte.«

»Und?«

»Was meinen Sie?«

»Gibt es ihn, den absolut sicheren Boden?«

»Reden wir jetzt von Vertrauen, Gott, Liebe, Spiritualität – gehen Ihre Gedanken in diese Richtung?«

»Jedenfalls mehr aufwärts als abwärts!«, konnte sich Robert nicht verkneifen zu antworten, aber er hatte ja gesehen, dass der Arzt wieder Oberwasser bekommen hatte und viel ruhiger geworden war, und er war sich sicher, dass er ihn mit dieser Aufwärts-Abwärts-Bemerkung nicht wieder in Angst bringen werde.

»Ich bin nicht gläubig!«

»Das glauben Sie nur!«

Beide lachten sie auf über diesen geschickt zurückgespielten Ball, und fast hätte die Unterhaltung in der Tat die lockere Atmosphäre einer Stammtischrunde angenommen, als der Arzt ganz unvermittelt fragte: »Und Ihre Schmerzen?«

Robert blickte sein Gegenüber an und sah es vollkommen verändert. Der Arzt lehnte noch immer an der Seitenwand der Aufzugskabine, hatte jetzt aber die Arme vor der Brust verschränkt und schaute ihn mit klaren, selbstbewussten Augen an, die ausdrückten, dass gewöhnlich er es war, der den anderen schwach und hilfesuchend sah. Von dem zerbrechlichen, verunsicherten Eindruck, den Robert anfangs gehabt hatte, war nichts mehr übrig, vor ihm stand der Arzt, dem er schon einmal, unter anderen Umständen, begegnet war. Robert merkte, wie er in einem uralten Reflex auf Distanz gehen, aber gleichzeitig auch, dass er genau diesem Reflex nicht gehorchen wollte.

»Wie meinen Sie das?«, fragte er, obwohl er die Antwort schon zu kennen glaubte.

Der Arzt schaute ihm forschend in die Augen: »Könnte es denn nicht sein, dass Ihre Schmerzen körperlicher Ausdruck – sagen wir: der Versuche sind, das Koordinatensystem *Ihrer* Weltanschauung unter Kontrolle zu halten, daß sie also nur eine andere Form derselben Angst sind, die *ich* gerade zu spüren bekommen habe?«

›DERSELBEN ANGST!‹, dieses Wort blieb vor Robert wie schwebend stehen, wie eine Frage, an der es kein Vorbeikommen gab, wie etwas Zwingendes, Antwort Verlangendes, Unabweisbares. Wie die Frage seines Lebens.

Für einen Moment war es, als sei die Angst seines Gegenübers zu ihm herübergeweht, jetzt spürte *er* die Verunsicherung, spürte er *seinen* Boden, dessen Festigkeit in Frage gestellt worden war. Eine alte Wut wollte in ihm aufsteigen, von den Schwächen eines anderen infiziert werden zu sollen, ein Zorn, der die Angst energisch zurückwies, die Robert als nicht zu ihm gehörig ansehen wollte.

Er bemerkte noch, dass er gerade selbst im Begriff war, ein Beispiel für die fehlende Bereitschaft zur Solidarität abzugeben, wie er sie gerade noch eingefordert hatte, als plötzlich dies Bild, das Bild vom Schmerz, wieder einen Augenblick lang vor sein inneres Auge kam wie die Erinnerung an einen guten Freund, der ihm sehr nah war und dem er sich auf geheime Weise verpflichtet hatte, und es war, als nutze der Gedanke diese kurze Ablenkung, um, noch bevor der Zorn sich durchsetzen konnte, vollends zu ihm durchzudringen: ›Dieselbe Angst!‹ Nicht die gleiche, keine ähnliche, nein: Dieselbe!

Und da, wo dieser Gedanke ihn gänzlich einnahm, war kein Zorn mehr – und auch keine Angst, statt dessen breitete sich in ihm, während er dem Arzt weiter in die fragenden Augen schaute, etwas aus, das er in dieser Form noch nie empfunden hatte: das Gefühl von ... einer Anwesenheit, die Angst und Wut in sich aufzunehmen schien, sie mit ihrem eigentlichen Sinn erfüllte, indem sie sie wie Fragen beantwortete, so als ob ein großer Bruder seine beiden in ständigem Streit liegenden kleinen Geschwister versöhnend an die Hand nähme. Robert hätte wohl im ersten Moment dazu »Mitgefühl« gesagt. Ganz leise war es, unaufdringlich, ohne Absicht und Ziel, und die Kraft, die in ihm lag, war nicht auf irgend etwas gerichtet, sie schien allumfassend zu sein, alles umfassend und in sich bergend.

Der Arzt stieg als Erster aus – irgendwann musste der Aufzug sich wieder in Bewegung gesetzt haben, Robert hatte es tatsächlich nicht bemerkt – und blickte ihn im Gehen über die Schulter an:

»Jetzt haben wir uns«, sagte er aus schon sicherer Distanz, »doch noch irgendwie in den Arm genommen, nicht? – Bis gleich dann!«, wohl in der Annahme, dass Robert heute einen Termin bei ihm habe. Da die Helferinnen ihren Chef allerdings sofort besorgt in ihre Mitte nahmen, ergab sich für Robert keine Gelegenheit mehr, diesen Irrtum aufzuklären.

›Bis gleich!‹, antwortete er dennoch still in sich hinein, ›bis gleich!‹

Er hatte nicht sofort nach dem Arzt den Aufzug verlassen, und so sah er noch, wie dieser seine ersten Anweisungen gab, als die Aufzugstür sich wieder vor ihm schloss und er mit sich allein war.

Für ein paar wenige, ewige Sekunden spürte er eine Weite um sich, die keine Grenzen zu haben schien, ein

Leersein, einen Raum ohne Sprache und ohne jede konkrete Bedeutung – aber voller Liebe.

Er öffnete die Tür, holte seinen Befund, dessentwegen er gekommen war, am Empfang ab, und verließ die Praxis.

Während er die Treppen in Richtung Ausgang hinabstieg, lediglich begleitet von den kurzen Echos seiner Schritte im ansonsten menschenleeren Treppenhaus, ließ er die Ereignisse der letzten Stunde noch einmal an sich vorüberziehen, und dabei kam ihm etwas in den Sinn, das ihn, obgleich es ihm zunächst banal erschien, derart erstaunte, dass er es eher als eine Eingebung denn als einen eigenen Gedanken empfand.

Er blieb stehen – inzwischen im siebten Stockwerk angekommen – und schaute aus einem kleinen Fenster hinunter auf das Gewimmel der Stadt, während ihm der Gedanke deutlicher wurde: ›Wenn sich diese Begegnung im Aufzug eben nicht auf diese vollkommen unvorhersehbare Weise entwickelt hätte ...‹, so musste er denken, und er begriff erst jetzt vollends, dass er etwas für ihn absolut Neues erlebt hatte, ›dann hätte ich ausgerechnet den, dem ich vorgeworfen habe, mich nicht richtig wahrzunehmen ... den hätte ich glatt selbst übersehen!‹

Er holte tief Luft und folgte dem Gedanken weiter, indem er sich eingestand, dass dies kein bisschen besser war, als das, was er dem übertechnisierten, vom Zeitdruck getriebenen und von Finanzzwängen niedergedrückten Gesundheitssystem vorhielt: dass es blind

geworden sei für den, der eigentlich die Heilung braucht
– für den Menschen im Patienten.

Jetzt verblasste in ihm dieser Vorwurf, viel deutlicher wurde ihm dagegen sein eigenes Eingeständnis dieses traurigen Übersehens, dieses Vergessens des ewig gemeinsamen Bodens. Es kam ihm vor, als sei dies die eigentliche, alle gleichermaßen, in welcher Form auch immer schmerzende Krankheit, und eine Ahnung stieg in ihm auf, dass sie heilbar sei, dass sie vergehen müsse, wenn die Erinnerung daran, wofür wir eigentlich hier sind, wenn die Tatsache, dass wir vor allem und wesentlich Mit-Menschen sind – einander untrennbar verbunden – in unserem Bewusstsein wieder wacher werden würde. Und der Gedanke wurde groß in ihm und umfassend, als er begriff, dass er hier seinen Heiler gefunden hatte: in sich selbst, in dieser schlichten Einsicht.

›Dieselbe Angst‹, hallte es in ihm noch einmal nach, als er langsam weiter nach unten ging, und es fiel ihm erneut Odysseus ein, der von den Göttern Begünstigte und gleichzeitig Gejagte, der Held und der Verirrte, der schließlich doch seine Heimat wiedergefunden hatte.

»Das Leben ist ein Heimkehren«, dachte Robert, und er war froh über diesen glücklichen Gedanken, der ihm wie der Grundton des Erlebten klang.

Nach all den Irrwegen endlich zurückgekehrt, hatte Odysseus sich einst zu erkennen gegeben, indem er einen Pfeil seines ausschließlich von ihm zu meisternden Bogens durch die Schaftlöcher zwölf hintereinander aufgestellter Äxte geschossen hatte, womit die Zeit des Chaos zu Ende gegangen und Odysseus wieder Herr im eigenen Hause geworden war.

Als Robert jetzt hinaustrat ins Freie und der Straßenlärm ihn wieder umfangen wollte, meinte er noch mitten durch den Lärm hindurch die Ruhe zu hören, mit dem derselbe Pfeil, zeitlos-ewiger Gedanke unserer wahren Heimat, in ungebrochener Sicherheit seinen Weg auch in diesem Moment fand, da Robert sich ihm nicht mehr widersetzte, hinaus aus Suche und Zweifel in das eine unbegreiflich-wundervolle, unbezwingbare Leben, alle Angst in Zuversicht zu verwandeln und die wahre Identität der Heimkehrenden zu bezeugen.

7 Zuhause

Die Hände schmerzten schon vor Kälte, aber wenn er stehenbleiben wollte, musste er sich an dem eiskalten Eisengeländer festhalten – und er wollte stehenbleiben!

Sein Blick ging über das abendschwarze Wasser der Binnenalster, weidete sich eine ganze Zeitlang an dem lichterfunkelnden, prächtigen Christbaum inmitten des Sees, wanderte hinüber auf die andere Seite des Wassers zum Ballindamm, der an diesem vorweihnachtlichen Abend in ein besonders festliches Licht getaucht schien, und verweilte schließlich an der Silhouette des Kirchturms von St. Petri: Dort hatte er eben noch gesessen und eine Menge Geld zusammenbekommen, siebenunddreißig Euro in zwei Stunden, das war beachtlich!

Er hatte sich dann aufgemacht, um nach Hause zu gehen. »Zuhause« sagte er zu dem Ort, wo er schlief und sich mit seinen Freunden traf, Erfahrungen austauschte, Probleme besprach, Rückhalt fand: Auf dem breiten Sockel des Fundaments einer großen Straßenbrücke, die die Seevartenstraße über die Helgoländer Allee führt, auf der täglich tausende von Touristen den Weg von der Reeperbahn hinunter zu den Landungsbrücken finden, dort war sein Zuhause, lange schon, sehr lange.

Er hatte, wie üblich, etwa eine Stunde gebraucht für den Fußweg aus der Stadt hinunter zum Hafen, war seinen vertrauten Weg gegangen: über die Esplanade und den Gorch-Fock-Wall, vorbei an der Musikhalle und dann durch die Wallanlagen bis hin zum Millerntorplatz, hatte erst aufgeschaut, als das gigantische Bismarckdenkmal aufgetaucht war, das ihn zwar immer etwas ängstigte wegen seiner Größe und wegen etwas, für das er längst keine Worte mehr hatte, das ihm gleichzeitig aber auch ein Zeichen war, dass er es bald geschafft haben werde: von einem bestimmten Punkt seiner Strecke aus wies die Spitze des Schwertes, welches der eiserne Kanzler vor sich hält, genau auf sein Zuhause; so jedenfalls war es ihm immer vorgekommen.

Er hatte seine Freunde schon sehen können, als er die Helgoländer Allee hinuntergegangen war, sie hatten sich gerade ein kleines Feuer gemacht, um sich zu wärmen und ihre Sachen zu trocknen, und Vorfreude war in ihm bei diesem Anblick aufgekommen.

Dann aber war er, keine fünfzig Meter entfernt vom Ziel, wie überfallen worden von einer Art Lähmung, er hatte einfach nicht weitergehen können, oder nicht wollen – auch solche Unterscheidungen traf er schon lange nicht mehr. Er hatte sich auf das kleine Mäuerchen gesetzt, das den Gehweg zum Alten Elbpark hin begrenzt, und für einen Moment war es ihm vorgekommen, als könne er die Spitze von Bismarcks Schwert im Nacken fühlen.

Zunächst hatte er geglaubt, dass es sein intimster Freund der letzten Jahre sei, der ihn aufhielt, denn es war ihm jetzt plötzlich bewusst geworden, dass er ausgerechnet heute, wo er doch so viel Geld eingenommen hatte, den Alkohol für den Abend und die Nacht vergessen hatte zu besorgen. »Alk«, sagte er nur noch: Alk war der Name dieses besten Freundes, den er niemals vergaß! Ärgerlich! Jetzt hätte er die anderen bitten müssen, ihm auszuhelfen, und das tat er nicht gerne.

Je länger er aber auf dem Mäuerchen gesessen hatte, desto unklarer war ihm geworden, weswegen er die letzten Schritte in die schützende Gemeinschaft nicht gemacht hatte.

Viele Leute waren derweil an ihm vorbeigegangen, die meisten hatten ihn nicht wahrgenommen, was ihm ganz recht gewesen war, einer hatte ihm ein Geldstück hingeworfen, er hatte es nicht beachtet, es war ihm vorgekommen, als habe das mit ihm nichts mehr zu tun.

Irgendwann hatte er nur noch neben sich auf die Wiese, das Gras geschaut und dann, mit einem Mal, ganz plötzlich war das geschehen, hatte er sich ... vergessen, er hatte sich einfach vergessen. Die wirbelnden Gedanken, die, seit er damals hinter den Rand der Gesellschaft gestürzt war, nie wieder aufgehört hatten, ihn zu quälen mit unbeantwortbaren Fragen, Erklärungsfetzen, Racheeinflüsterungen, mit Theorien, die immer verwegener geworden waren und vor denen er sich irgendwann begonnen hatte zu fürchten, vor allem aber mit Selbstvorwürfen, immer heftiger werdenden Selbstvorwürfen, dieses Gedankenkarussell, das zusammengehalten war nur durch das einzige stabile Gefühl, das er noch hatte, das Gefühl der Vergeblichkeit, dieser tosende Strom, der zu nichts anderem dazusein schien, als ihn immer tiefer in den Abgrund zu ziehen, ... war plötzlich still geworden.

Und da war einfach nichts mehr gewesen, keine Freunde mehr, kein Zuhause, kein Alkohol, keine Leute mehr, die an ihm vorbeikamen und vor allem: er selbst war nicht mehr dagewesen, verschwunden mit den Gedanken. Nur die Grasbüschel neben sich, die hatte er noch wahrgenommen, wie sie sich leise im Wind bewegt hatten. Nichts sonst.

Ein kleiner, schlanker Grashalm, schon ein wenig ausgemergelt vom Winter, hatte etwas abseits gestanden und seinen Blick angezogen: nur ein paar Zentimeter vom nächsten Grasbüschel entfernt, aber dennoch ganz allein.

»Einzeln«, hatte er noch denken müssen. Und dann war da auch kein Wort mehr gewesen, er war wie hineingefallen in diesen Halm und dessen kleine, feine Bewegungen, die gemeinsam mit dem Wind entstanden. Irgendetwas in ihm hatte diese Bewegungen mitgemacht, sie waren tief in ihm zu spüren gewesen, nicht nur mit den Augen zu sehen: dieser Tanz, diese vollkommene Wehrlosigkeit, dieses wortlos-flüsternde Gespräch zwischen Grashalm und Wind, er hatte Teil daran gehabt, sprachlos, gedankenlos.

»Miteinander« war das erste Wort gewesen, mit dem er wieder aufgetaucht war an die Oberfläche seines Bewusstseins. »Meine Güte«, hatte er sich fast erschrocken gefragt, »kenne ich denn noch solche Wörter?«

Damals, da hatte er freilich die Sprache geliebt, viel gelesen, auch hin und wieder ein Gedicht geschrieben, damals, da hatte er mit solchen Wörtern umgehen können, und es war für ihn wie Trinken aus frischer Quelle gewesen. Aber das war lange vorbei. Seit Alk den Ton angab, war seine Sprache grob und flach geworden und diente mehr dem Verbergen als dem Hervorbringen.

Ein stechender Schmerz hinter dem Brustbein hatte ihn schließlich vollends wieder aufgerüttelt: schon lange hegte er den Verdacht, dass mit seinem Herzen etwas nicht in Ordnung sei, er hatte den Gedanken aber immer wieder verdrängt.

Auch jetzt war er augenblicklich aufgestanden und losgegangen, weg von den Ängsten, die sich da aufdrängen wollten.

Zu seinem eigenen Erstaunen war er aber nicht die letzten Meter zur Brücke und zu seinen Freunden gegangen, sondern zurück in Richtung Innenstadt. Etwas hatte energisch an ihm gezogen, er hatte keinen wirkungsvollen Einwand anführen können: hierher war er zurückgekommen, an die Binnenalster, zu den Lichtern, den Leuten, zu ›seiner‹ Kirche, die ihm heute so viel Glück gebracht hatte.

Und er wollte stehenbleiben, auch wenn die Hände noch so schmerzten. Während sein Blick erneut über die Lichter der Stadt hin zum Weihnachtsbaum ging, nannte er sich zum ersten Mal seit vielen Jahren wieder mit seinem richtigen Namen: »Es ist nichts verloren, Friedrich«, sagte er zu sich, »gar nichts ist verloren!«

Und dann löste er langsam die Hände vom eisigen Geländer, rieb sie ein Weile aneinander, steckte sie in die Taschen seines zerschlissenen Mantels und machte sich ein drittes Mal auf den Weg. Nach Hause.

8 Kreuzworträtsel

»Wirklich beeindruckend! Sie sind ja perfekt horizontal organisiert! Atmen Sie gelegentlich auch mal vertikal durch?«

Der junge Mann, dem ich diese zugegebenermaßen etwas eigenartige Frage stelle, hat mir gerade Erstaunliches erzählt und blickt mich nun mit seinen pfiffigen Augen an, aus denen Vorfreude auf das Vergnügen blitzt, das er sich wohl vom Anblick meines Gesichtes verspricht, wenn er mir gleich Antwort geben wird.

Zwei Stationen zuvor ist er in den fast leeren Bus eingestiegen, hat sich trotz freier Platzwahl neben mich in die Bank gesetzt und mit sorgenvoller Miene begonnen, sein rechtes Handgelenk zu massieren.

»Sind Sie auf die Hand gefallen? Haben Sie Schmerzen?«, habe ich ihn gefragt, woraufhin er seine Selbstbehandlung sofort eingestellt, sich aufgerichtet und wortreich erklärt hat, dass es sich lediglich um leichte Gefühlsstörungen in den Fingern handle, verbunden mit mäßigen Schmerzen im Handgelenk. Ursachenforschung hat er nicht betrieben, Ärzte, Diagnostik, Medikamente, das käme alles nicht in Frage, schon deshalb nicht, weil er heute noch nach Hongkong reisen müsse.

Und jetzt, keine drei Minuten später, kenne ich bereits die Eckpunkte des beruflichen Werdeganges sowie die Basiselemente der Weltanschauung dieses mir durchaus nicht unsympathischen Kerls: Abi, Informatikstudium, Firma gegründet (»IT, nichts Besonderes, das klingt nur immer so großartig«), Deutschland hinter sich gelassen (»der Staat ist ein Dienstleister! wenn er die Verwaltungsstrukturen zu kompliziert und zu teuer macht, muss man gehen«), Lebensmittelpunkt nach Schweden verlegt (»ist gar nicht schlecht gelaufen, aber ich löse mich gerade wieder, war noch nicht optimal«), und jetzt die Firma halb in Dubai, halb in Hongkong platziert (»die meisten meiner Leute kenn' ich gar nicht persönlich, werd' ich auch nie kennenlernen, warum auch, wir haben alle einen Laptop!«). Wie alt er sei, habe ich noch wissen wollen.

»Sechsundzwanzig!« Und da hat er den Stolz doch nicht ganz verbergen können, der aber schon wieder seiner ›Wo sind Ihre Probleme? Wir haben sie schon gelöst!‹-Coolness gewichen ist, als er mir jetzt auf meine Frage, die ich aus einem vagen Bedürfnis gestellt habe, in diesem weltweiten Aktivitätsraum sozusagen eine Dachluke zu öffnen, erwidert: »Klar, das ist mein liebstes Hobby: Vertikal-Durchatmen!« Es ist für ihn Ehrensache, auch auf eine solche Frage sportlich zu antworten, Unbeantwortbares gibt es für ihn prinzipiell nicht, und er genießt es, das bei dieser Gelegenheit zu demonstrieren.

»Kennen Sie das Bedürfnis, Wurzeln zu schlagen?«, frage ich weiter, und er zögert auch hier keinen Augenblick mit seiner Reaktion: »Ach, wissen Sie, unsere Generation schlägt ihre Wurzeln lieber in dem Grund und Boden, den sie selbst programmiert hat«, er lacht auf über seinen Einfall, und fügt dann ernster hinzu: »Also fester Freundeskreis, Religionen, Ideologien: das ist out, wir sind überall und fragen nur: bist du mir sympathisch, haben wir ein gemeinsames Ziel, können wir unsere Kräfte zusammenlegen? Und dann tun wir's.

Oder eben nicht. Meine Freundin in Hongkong zum Beispiel lebt noch in ihrem muslimischen Elternhaus, da sind sie sehr streng, und sie muss die Regeln, die in diesem Rahmen gelten, absolut beachten. Aber wenn sie das Haus verlässt, wenn sie mit mir zusammen ist, gelten andere Regeln. Das geht. So machen wir das.«

»Und die Hand?«, frage ich, und weiß selbst noch nicht genau, worauf ich eigentlich hinaus will.

»Was ist mit der Hand?«, jetzt scheint er doch ein wenig ärgerlich zu werden, aber nun bin ich schon mal dabei ...

»Was machen wir mit ihr?«

»Was sollen wir schon mit ihr machen? Nichts machen wir. Das trainier' ich weg!«

»Hat sich immer alles so wegtrainieren lassen?«

»Ja klar, ... na ja, fast alles«, sagt er, leiser geworden jetzt, und fängt dabei wieder an, sein Handgelenk zu massieren, »nicht alles, nein, ich hab' gestern hier in Hamburg meinen Bruder im Krankenhaus besucht, er ist Handwerker, also er macht vielmehr ein Praktikum am Bau, will Architektur studieren. Vor einer Woche ist er vom Gerüst gefallen, sie wissen nicht, ob sie ihn wieder hinkriegen. Damit komm' ich, ehrlich gesagt, nicht klar. Ich freu' mich sonst eher über Probleme, weil ich sie alle lösen kann, früher oder später. Aber das mit meinem Bruder, da kann ich nichts, gar nichts kann ich da lösen!«

»Tut mir leid«, sag' ich, fast ein wenig erschrocken über die unerwartete Wendung des Gesprächs, oder vielmehr über den jähen Absturz der Selbstsicherheit dieses jungen Mannes, der jetzt aussieht, als sei er in einen

Brunnen gefallen ohne jede Aussicht auf Befreiung.

«Er hat mich nicht mal erkannt!», fährt er fort, und wirkt immer einsamer, »ich hab' dann einfach gehen wollen – das ist jetzt noch wie eine Kette um meine Beine, ich hab' sowas noch nie erlebt: gehemmt zu sein, wenn ich mich lösen will ... – nicht weggehen zu können ... – also ich gehe trotzdem, ich muss ja, in drei Stunden ist Abflug, und ich werde dabei sein! ... Aber es fühlt sich nicht gut an, verdammt noch mal!«

»Dann bleiben Sie!«, sage ich, und jetzt wird er wirklich zornig: »Sie hören doch: das geht nicht! Und das würde ihm auch nicht helfen. Ich kann nichts tun!«

»Bleiben Sie innerlich!«

Jetzt schaut er endlich von seinem schmerzenden Handgelenk auf und sieht mich fragend an: »Wie meinen Sie das?«

»Verbinden Sie sich mit ihm, und bleiben Sie bei ihm, während Sie nach Hongkong reisen.«

»Und das soll ihm helfen?« Es ist kein Spott in seinem Blick, vielleicht eher ein Bemühen, spöttisch zu blicken, das aber nicht ankommt gegen den Hoffnungsschimmer, den ich in seinen Augen sehe.

»Würde es *Ihnen* denn helfen, wenn *Sie* in seiner Lage wären, und *er* würde in Hongkong an Sie denken und bei Ihnen sein?«

Jetzt schaut er mich nur noch an, oder vielmehr durch mich hindurch, und wir schweigen. Irgendetwas scheint er zu sehen, sucht es zu fassen wie etwas Vergessenes, das nur schemenhaft wieder auftaucht, und sagt schließlich: »Vertikal durchatmen, was?«

»Hm ...«

»Ich muss hier raus!« Er springt auf, und als er in Richtung Tür eilt, ist er schon wieder ganz kontrollierter Weltmann, ist schon draußen und dreht sich doch noch mal um: »Ich versuch's! Machen Sie's gut!«

»Danke«, sag' ich leise, und wünsch' ihm ebenfalls von Herzen alles Gute, horizontal wie vertikal.

Athem

Diesen Mut, den mein' ich, wenn der Grashalm
Zwischen Pflastersteinen seinen Weg
Sich hin zum Lichte sucht,
Und sich noch verneigend vor den Stiefeln,
Die sich nähern,
Nur vom Wind sich beugen lässt,
Der aus der selben Kraft gespeist wie er.

Diese Träne wein' ich, mit dem Menschen,
Der sein Liebstes aus den Händen geben muss,
Und auf die Knie gesunken lass' ich sie
Gemeinsam mit der seinen
Dorthin fallen,
Wo Leben ewig Athem schöpft, lass' sie
Dem uferlosen Meer.

In der Liebe eint sich, was gebrochen,
Seelenlos am Boden schon zu liegen schien,
Niemals wird das Leben zwischen Dir und dem,
Was Du verloren glaubtest,
Niemals wird die Liebe diese Grenze zieh'n!

9 Um Himmels Willen

»Seien Sie aufrichtig, Herr Doktor, sie wird nicht durchhalten bis Weihnachten, ... oder ...?« Für diese Frage hatte Julia all ihre Kraft zusammennehmen müssen, sie fühlte sich, als werde sich gleich die Erde vor ihr auftun und sie für alle Ewigkeit darin verschwinden.

»Frau Steiner, wissen kann ich es nicht, niemand kann das, aber rechnen müssen wir jetzt täglich damit, dass es geschieht – das ist leider wahr.«

Die Hand des Arztes fasste Julia behutsam am Oberarm, und sie ließ ihn gewähren, niemandem sonst hätte sie das in diesem Moment erlaubt. Von Doktor Karl aber, der Lilly durch ihre Krankheit begleitet hatte, ging eine große Ruhe aus, sie spürte, dass er das Sterben kannte und dass er es achtete.

»Sie weiß es auch«, sagte er jetzt leise, »und sie wartet darauf, dass Sie mit ihr darüber sprechen.«

»Sie ist fünf!«, platzte es aus Julia heraus, eine Explosion der Verzweiflung und Anklage an das Schicksal, an diesen Zynismus des Lebens, der ihr, seit sie von der Unausweichlichkeit des nahen Lebensendes ihrer Tochter wusste, zunehmend den Atem nahm.

»Ich kann das nicht! Ich kann das nicht! Machen Sie es bitte, oder seien Sie wenigstens dabei, wenn ich mit ihr spreche, bitte!«, flehte sie den Arzt an, der sie immer noch hielt, als er antwortete:

»Ich weiß, Frau Steiner, Sie können sich jetzt schwer vorstellen, die letzten Reste der Hoffnung, die wir ja immer noch hatten, Lilly heilen zu können, aufgeben zu sollen und jetzt ohne diese Hoffnung zu ihrer Tochter gehen zu müssen. Aber Lilly weiß es schon, sie braucht Sie jetzt, gerade weil sie erst fünf ist, sie will, dass ihre Mama nicht erschrickt vor dem, was jetzt kommen wird. Es wäre nicht gut, wenn ich das für Sie übernehmen würde, sie würde spüren, dass Sie mich aus Angst vorgeschickt hätten. Glauben Sie mir!« – und als Julia ihm jetzt in die Augen schaute, sah sie wieder seine Ruhe und dass er überzeugt war von dem, was er sagte – »Sie werden einen Weg finden, mit ihr ohne Angst sprechen zu können.«

Die wenigen Schritte zu Lillys Zimmer waren für Julia die Hölle. Sie stellte sich vor, dass es sich wohl so anfühlte, wenn man zum Henker geführt wird: es war ihr eigener Tod, der da auf sie wartete, und sie konnte nicht mehr weglaufen, sie musste ihre Schritte in diese vollkommen unmögliche Richtung lenken.

»Hat er gesagt: ›dass es geschieht‹ ...? und: ›ohne Angst‹ soll ich mit ihr sprechen? Das kann nicht gehen, das geht nicht, das kann ich nicht, ich kann es nicht!« Einen Rest des Vertrauens aber, das sie Doktor Karl gegenüber empfunden hatte, spürte sie noch, als sie jetzt die Klinke der Tür hinunterdrückte.

»Mami, da bist du ja endlich!«, wurde sie von Lilly begrüßt, die mit ein wenig Mühe ihren Kopf in Julias Richtung gedreht hatte.

»Ja, entschuldige, ich war noch ...«

»Du hast mit Doktor Karl geredet.«

»Ja, Lilly, ... ja, ... ich, Kleines, ... ich ...«

Julia stand da in ihrer Höllenangst und bemerkte, wie ein Zittern sich in ihr breit machte, über das sie keinerlei Gewalt hatte.

»Aber Mami, Du hast doch gesagt, ich komme in den Himmel, und du kommst da auch hin, dann ist es doch gar nicht so schlimm!«

Erst in diesem Augenblick wurde Julia klar, dass Lilly ihr die Geschichte mit dem Himmel ..., ja, dass sie ihr geglaubt hatte, dass sie darauf vertraute, was ihre Mutter ihr in ihrer Verzweiflung, etwas Tröstendes sagen zu wollen, erzählt hatte. Julia glaubte nicht an den Himmel, natürlich nicht, wie sollte sie ... sie hatte ihre Tochter angelogen!

In dieser Erkenntnis stand Julia da und wusste, dass sie keinen Schritt weiter auf Lilly zugehen konnte, ihre Muskelfasern schienen in eine Art Raserei zu verfallen, die nur eines wollte: diesen Schritt nach vorn verhindern. Es gab nur noch den Weg zurück. »Natürlich, Lilly«, sie nahm all ihre Kräfte zusammen, um noch irgendwie vertrauenswürdig und ruhig zu klingen, »natürlich kommen wir in den Himmel, aber ... mir ist grade eingefallen, dass ich dringend noch mal in die Stadt muss, ein Geschenk für dich abholen, ich bin gleich wieder da!«

Sie hatte das Gefühl, jede Sekunde ausnutzen zu müssen, um noch aus der Tür zu kommen, bevor sie vor ihrer Tochter zusammenbrechen würde, drehte sich um, schaffte es zur Tür, fragte sich zwar ›wieso sagt sie nichts?‹, blickte sich aber nicht noch einmal um und war schon draußen.

Leer, ohne jede Emotion, wie eine Maschine ging sie in Richtung Ausgang. Erst, als sie Doktor Karl am Ende des Ganges sah, belebte sich in ihr wieder ein Gefühl, und es war Zorn: Das war doch wohl seine Aufgabe, wie konnte er nur so etwas Unmögliches von ihr verlangen, ohne dabei zu sein, um ihr zu helfen! ›Die sind doch alle gleich!‹, dachte sie, ›wenn's ernst wird, hauen sie ab!‹, und während sie das Krankenhaus verließ und die Dunkelheit des winterlichen Abends und die Geräusche der Straße sie umfingen, kochte der Zorn in ihr hoch, der ihre Schritte wieder energisch und sicher machte und ihr all die Bilder ins Gedächtnis holte um Jürgen, ihren Mann: wie er sie just in dem Augenblick verlässt, als Lilly krank wird, dieser Heuchler, dieses Schwein!, oh nein!, nicht in diesem Augenblick, sondern einen Moment später, als die Ärzte ihnen mitteilen, dass ihre Tochter keine Überlebenschance habe! Zwei Tage danach, dieses gottverdammte Arschloch!, stellt er sich vor ihr auf und sagt ihr ins Gesicht, dieser widerliche Frömmler!, dass er schon lange beschlossen habe und dass der Tag jetzt gekommen sei, an dem er ihr sagen müsse: er könne nicht weiter mit einer atheistischen Frau zusammenleben, und das habe selbstverständlich überhaupt nichts mit der Krankheit ihrer Tochter zu tun! Ein Immobilienmakler habe ihm gerade heute ein günstiges Angebot gemacht! Eine Woche später ist das Haus leer: Lilly im Krankenhaus und er, Jürgen, Jürgen! dieser Name!, Jürgen zieht in ein Reihenhäuschen mit hübschem Garten an den Stadtrand! Besuchen? Nein, besuchen will er Lilly nicht, sie würde nur merken, dass die Stimmung schlecht sei zwischen ihnen beiden – er sagt, dieser ... – Julia gingen die Worte aus – er ... er sagt, es sei besser, sie würde sich da was ausdenken, Geschäftsreise, Auslandsaufenthalt, sie mache das schon, – nein, und gerade dann nicht, wenn es soweit sei, dann wäre es doch ganz schlecht, wenn er sich da reindrängte!

›Wenn es soweit ist!‹ Julia schnappte nach Luft. Der Zorn auf ihren Mann hatte ihr in den letzten drei Monaten die Kraft gegeben, durchzuhalten, sich ganz auf Lilly zu konzentrieren, er hatte sie angefüllt mit Energie! Jetzt aber, als sie sich immer weiter in Rage brachte, um sich mehr und immer mehr aus dieser Kraftquelle zu nähren, merkte sie plötzlich, ab einem gewissen Grad der Intensität, als sie gar keine Bilder mehr zulassen wollte von Jürgen, von ihm!, nur noch jeden aufkeimenden Gedanken an diesen Mann sofort beschoss mit einer Salve ihres Zorns, dass dessen Energie begann, sich gegen sie selbst zu richten und ihr die Kraft wieder zu rauben. Als der Wagen aufblendete und sie anhupte – sie war wohl einfach mitten auf der Straße auf dem schwach beleuchteten Überweg stehengeblieben – riss der Schreck noch einmal all die verzweifelte Wut in ihr hoch, und sie schrie den Fahrer an: »Dann überfahr' mich doch, tu's doch! Du tust mir einen Gefallen!«, aber mit diesem Schrei kam ihr Lilly wieder in den Sinn, und sie spürte ihre Knie zittern, die nach unten wollten, runter auf den Boden, als sie dachte: ›das würdest du wirklich, ich dürfte vor ihr sterben, verdammt, ich dürfte vor ihr sterben!‹, und schleppte sich schließlich doch weiter über die Straße in Richtung des kleinen Parks, der dem Krankenhaus gegenüber lag. Als sie ihn erreicht hatte, ging sie an der ersten, noch von den Lichtern der Straße erhellten Parkbank vorüber, suchte nach mehr Dunkelheit und fand sie, fand eine schneebedeckte Bank, die von hohen Büschen umgeben in einer vom Gehweg aus kaum einsehbaren Nische stand, setzte sich auf das unberührte Schneepolster, das leise knirschend unter ihr nachgab, und schaute ohne jeden Gedanken in die Dunkelheit einer absoluten Nacht.

⁓

»Ich würd' mal erst den Schnee wegmachen, bevor ich mich da hinsetze, das wird doch alles nass!«

Die Frau zeigte auf Julias feinen Mantel und begann sofort selbst – wie um zu demonstrieren, was sie meine – den Schnee von dem noch freien Teil der Sitzfläche mit ihren bloßen Händen hinunterzufegen. Hinter ihr stand ihr Begleiter, vielmehr wankte er – offensichtlich stark betrunken – hin und her, in der linken Hand die halbvolle Cognacflasche, auf die er geradezu behutsam zu achten schien, als liege ihm ihre Sicherheit sehr viel mehr am Herzen als seine eigene. Sie trugen beide arg verschlissene Kleidung, über die hinuntergetretenen Hacken ihrer in der Farbe nur noch schwer zu bestimmenden Schuhe quollen grobe Wollsocken hervor, und sie verströmten den Duft derer, die lange keine Gelegenheit mehr gehabt hatten, sich zu waschen und die Kleidung zu wechseln.

»Setz' dich!«, mit einer Geste, die keinen Einwand erlaubte, wies die Frau ihrem Begleiter seinen Platz an der rechten Seite der Bank zu, sie selbst setzte sich zwischen ihn und Julia.

»Das ist unsere Bank, wissen Sie!«, redete sie wieder auf Julia ein, die bisher keinerlei Impuls verspürt hatte, irgendwie zu antworten; sie war wie in einen Nebel eingetaucht, zu den beiden Gestalten neben ihr empfand sie keinerlei Verbindung, als befänden sie sich in einem ganz anderen Raum.

Trotzdem hörte sie sich antworten, wie aus einer alten Gewohnheit heraus: »Tut mir leid, ich sitze hier nur.«

»Das sehe ich!«, antwortete die Frau, wie alt war sie wohl, – Julia staunte selbst über ihr aufkommendes Interesse an einer solchen Frage – vierzig? fünfzig? oder doch viel älter ...?

»Ich geh' gleich«, setzte sie hinzu und wollte ihr Versprechen auch sofort in die Tat umsetzen. Aber ihr fehlte der Wille, aufzustehen, sie saß da wie eine Marionette ohne Puppenspieler.

»Ich geh' gleich!«, wiederholte sie nur.

»Schon gut, schon gut!«, beschwichtigte sie jetzt die Frau neben ihr, die sie dabei besorgt ansah, sich aber dann wieder dem Mann zu ihrer Rechten zuwandte, der ständig drohte, von der Bank hinunterzukippen, und ihn anfuhr: »Setz' dich mal ordentlich hin!«, was von dessen gehorsamen, aber eher halbherzigen Versuchen beantwortet wurde, dieser Anordnung Folge zu leisten.

Julia hatte begonnen, sich die beiden ausführlich anzuschauen; irgendwie dankbar, dass überhaupt etwas ihren Geist anfüllte, folgte sie der Szene wie einem Unterhaltungsfilm, der sie gleichgültig ließ. Wie grob alles an diesen Leuten war: ihre Sprache, ihr Aussehen, die Gestik, wie auf das Notwendigste reduziert schien alles einer trägen Mechanik des bloßen körperlichen, momentanen Überlebenwollens zu folgen.

Dann aber geschah etwas, das Julia aus ihrer Trägheit herausriss: der Mann verlor endgültig den Halt auf der Bank und begann ohne jegliche Gegenwehr, von ihr hinunterzurutschen, dem eiskalten Schnee entgegen.

Mit einer blitzschnellen Bewegung, die Julia ihr niemals zugetraut hätte, packte die Frau ihn am Arm, umfasste gleichzeitig seine Schulter und zog ihn mit einer energischen Bewegung zurück. Und in diesem Moment, als er wieder in Sicherheit war, in ihren Armen, ganz kurz, bevor sie ihn wieder los- und sich selbst überließ, sah Julia die Hand der Frau im Nacken des Mannes liegen, und sie glaubte zunächst, etwas zu sehen, was sie aus ihrem Leben sehr wohl kannte, oh ja, etwas, von dem sie gesagt hätte, dass es zum Schönsten gehöre, was ihr das Leben zu bieten habe: sie sah Zärtlichkeit. Aber dann wurde sie gewahr, dass sich da vor ihren Augen etwas abspielte, was sie selbst so noch nie erlebt hatte, da ging etwas über alles hinaus, was sie kannte, und was sie nur mühsam fassen konnte: die Armut dieser Leute war für diesen einen Moment verschwunden, nein, nicht nur überdeckt, sie war nicht mehr, sie existierte gar nicht, hatte es nie gegeben, die Aussichtslosigkeit, die von diesen beiden Menschen neben ihr eben noch ausgegangen war, hatte sich wie aufgelöst, und sie waren in etwas eingetaucht, für das Julia endgültig keine Worte mehr hatte.

»Hör' endlich auf zu saufen!«, hörte sie jetzt die Frau streng zu ihrem Begleiter sagen, bevor sie sich Julia zuwandte und erklärte: »Er säuft zu viel!«

In Julia stiegen wieder die Bilder auf, Lilly erst, Dr. Karl, dann ihr Mann, den sie ja mal ... verdammt! Nein, so hatte sie ihn nie anfassen können, so ... total!

Konnte es sein, dass er einfach nur aus Angst ... sie war ja selbst gerade vor ihr weggelaufen, war sie das nicht? Konnte es sein, dass er jetzt in seinem Haus am

Stadtrand saß eben so, wie sie hier in diesem Park, dass das seine Flucht in die Dunkelheit war, aus Angst vor dem Sterben seiner Tochter? Konnte es sein, dass er sich noch weniger kannte als sie sich? Dass er sich lieber ihrem Hass und ihrer Verachtung aussetzte als in etwas hineinzugeraten, worüber er glaubte, keinerlei Kontrolle mehr zu haben? War dieses halb-wahnsinnige Verhalten von ihm einfach nur Angst ... starrte er vielleicht genauso hilflos ins Finstere wie sie?

›Aber unverantwortlich bist du doch!‹ Mit diesem Gedanken katapultierte sich Julia auf die Beine und ging los, in Richtung Krankenhaus.

Nach ein paar Schritten aber blieb sie wieder stehen. Ihre Hand hatte in der Manteltasche den Hunderter ertastet, den sie sich vorhin noch schnell eingesteckt hatte.

›Ich werde das jetzt nicht bezahlen!‹, versuchte sie sich aufzuhalten, aber da hatte sie sich schon umgedreht, ging die wenigen Schritte zur Bank zurück und streckte der Frau das Geld hin, während sie noch dachte: ›Lass' das, das macht doch jetzt alles kaputt!‹

»Hundert Euro? Sind Sie bekloppt?« Wie eine Schnecke zog sich die Frau hinter ihre harte Schale zurück und machte keinerlei Anstalten, das Geld zu nehmen. Julia sah sich bestätigt, wollte sich schon umdrehen und gehen, aber ihre Hand gehorchte ihrem Vorsatz nicht, streckte sich weiter nach vorn und forderte die Frau wortlos auf, das Geld anzunehmen.

Und die nahm es dann, zögerte erst noch, nahm es schließlich ebenso wortlos an, und ganz kurz nur berührten sich dabei die Hände der beiden Frauen und erzählten einander, während das Geld von der einen in die andere gegeben wurde, von einem Reichtum, der unbezahlbar war.

⁓

Als Julia vorsichtig, um Lilly nicht zu wecken, die Tür zu ihrem Zimmer öffnete, schlug ihr das Herz bis zum Hals: ›Sie hat es nicht gemerkt vorhin, sie hat mir geglaubt, sie hat nicht gemerkt, dass ich Angst gehabt habe ...‹, versuchte sie sich Mut zu machen, während sie eintrat.

Aber Lilly schlief nicht, sie hatte die Schwester gebeten, das Kopfteil hochzustellen, saß hellwach und wie unter Strom kerzengerade in ihrem Bett.

»Mami, warum bist du denn vorhin weggelaufen, stimmt das gar nicht mit dem Himmel?«

Sie hatte nicht abgewartet, bis Julia vollends zur Tür hereingekommen war, diese Frage hatte sie in der halben Stunde ihres Alleinseins wie aufgeladen, etwas, das sie in Sicherheit eingehüllt hatte bisher, war von dem Augenblick an bedroht gewesen, als ihre Mutter fluchtartig das Zimmer verlassen hatte. Eine dunkle Wolke des Zweifels hatte sich über ihr aufgetürmt: ihre Mami glaubte womöglich gar nicht an den Himmel, in dem sie sich wiedersehen würden. Aber mit all ihrem Willen hatte sie dennoch an der Möglichkeit festgehalten, dass sie sich mit ihren Bedenken täuschte, und dieser Zwiespalt hatte sie wie elektrisiert: alles in ihr wartete nur noch auf die Rückkehr Julias, die allein ihr Antwort geben konnte.

Für einen Moment verharrte Julia in der halboffenen Tür, wie eine Mauer baute sich die Frage ihrer Tochter vor ihr auf, stand da wie vorhin, als sie noch unausgesprochen gewesen war und sie in die Flucht geschlagen hatte, unausweichlich stand sie vor ihr und verlangte nach Antwort.

Plötzlich aber fühlte sie, wie alle Angst von ihr abfiel, aus ihrem tiefsten Inneren breitete sich beim Anblick ihrer Tochter ein Lächeln in ihr aus: »Lilly!«, sagte sie nur, schloss leise hinter sich die Tür, zog ihren nassen Mantel aus und setzte sich zu Lilly aufs Bett, »Kleines!« Behutsam legte sie den Arm um ihre Tochter und drückte sie an ihr Herz, spürte, wie auch Lillys Anspannung sich in der Umarmung in Nichts auflöste, und es öffnete sich ihnen ein Raum, den Julia zum ersten Mal in ihrem Leben betrat, gemeinsam mit ihrer kleinen Lilly: ein Raum uferloser Nähe. Diesmal aber fand sie Worte dafür, und sie sah in vor wiedergewonnenem Vertrauen groß und kreisrund strahlende Augen, als sie leise sagte: »Lilly, Kleines, es ist wahr, da können wir ganz sicher sein: wir kommen in den Himmel!«

»Papi auch?«, fragte Lilly sofort, und kein Schatten des Zweifels verzögerte Julias Antwort: »Papi auch, natürlich, Kleines, Papi auch!«

Lilly war zwar sehr erschöpft, aber die beiden konnten noch nicht voneinander lassen, und so saßen sie eine ganze Weile beisammen und redeten und erzählten, lästerten über die Schwestern und fanden Doktor Karl toll – bis Lilly schließlich fragte: »Mami«– und dabei gähnte sie demonstrativ ausgiebig – »ich bin müde, darf ich ein bisschen schlafen?«

»Ja, Lilly, schlaf ruhig ein wenig«, antwortete Julia, während sie das Kopfteil des Bettes wieder flach stellte, »ich kann ja inzwischen eine Tasse Kaffee trinken gehen.« Lilly wusste genau, wie versessen Julia auf Kaffee war, sie hatten zu Hause schon immer Witze darüber gemacht, und sie strahlte übers ganze Gesicht, als sie sagte: »Ja gut, Mami, mach' das, aber nur eine! – und dann kommst du wieder!«

»Natürlich, Lilly, nur eine, und dann komm' ich sofort wieder!« Julia strich ihr noch einmal sanft über die Wange, ging dann leise hinaus und schloss die Tür hinter sich. Als sie Doktor Karl auf sich zukommen sah, der Lilly gerade einen Besuch abstatten wollte, hob sie die Augenbrauen und legte einen Finger auf die Lippen.

»Oh, sie schläft, dann lassen wir sie natürlich schlafen«, flüsterte der Arzt verstehend, und ein paar Meter gingen sie gemeinsam über den Gang.

»Ich sehe Ihnen an, dass sie einen Weg gefunden haben, mit ihr zu sprechen, habe ich recht?«, ermunterte der Arzt Julia, von ihrer Begegnung mit Lilly zu erzählen.

»Ja, Doktor Karl, wir haben gesprochen«, antwortete sie ihm, aber sie empfand diese Antwort als unvollständig – irgendwie fühlte sie sich diesem freundlichen Arzt gegenüber verpflichtet, mehr zu sagen, und ja, es war ihr auch selbst ein Bedürfnis weiterzureden: »Wir haben gesprochen«, wiederholte sie, und war zu ihrem eigenen Erstaunen ganz unaufgeregt dabei, »aber ob ich es war, die den Weg dahin gefunden hat, das weiß ich nicht. Er war einfach da. Es gab ihn, und ich bin unendlich dankbar dafür.«

Dabei schaute sie dem Arzt in die Augen und sah, dass er genau wusste, von was sie da sprach, sah in seiner Ruhe, dass er eben nicht nur das Kranksein und das Sterben kannte, sondern vor allem auch das Heilsein und das durch alles und jedes hindurch sich uns schenkende, unveränderliche Leben.

Lilly war nicht mehr aufgewacht. In der Nacht war sie gestorben.

Julia war in eine Art Trance geraten, in der die Bilder des gestrigen Tages und der Nacht an ihr vorüberliefen, ohne dass sie sie irgendwie bewertete. Sie hatten ihr Beruhigungsmittel geben wollen, aber die hatte sie gar nicht gebraucht, ganz von selbst war sie eingehüllt worden von einer leisen Traurigkeit, die erstaunlicherweise umgeben war von einer Art Glücksgefühl, und dahinter nur Wolken, Watte, Nebel. In diesem Zustand war sie in ihren Wagen gestiegen und hatte sich aufgemacht zu Jürgen, ihrem Mann, um ihm die Nachricht zu überbringen und das Notwendige mit ihm zu besprechen.

Während sie durch den starken Schneefall hindurch so konzentriert, wie es ihr möglich war, ihren Weg im dichten Straßenverkehr suchte, liefen die Bilder durch ihren Geist wie ein Film, den sie ohne innere Beteiligung anschaute. Eins dieser Bilder aber blieb hartnäckig vor ihr stehen und wollte nicht weichen: Sie sah das neue Zuhause von Jürgen vor sich, nur einmal hatte sie ihn dort besucht – nein, eher hatte sie ihn wohl aufgesucht damals –, ein unscheinbares Reihenhaus mit Garten.

Schließlich fühlte sie sich geradezu bedrängt von diesem Bild und wollte es verscheuchen, aber es gelang ihr nicht. Erst, als sie sah, was sie sehen sollte, verblasste es und verschwand schließlich vor ihrem inneren Auge: Es war die Tür, die Tür seines Hauses, sie hatte einen kleinen Spalt weit offengestanden.

Erwartet

Mir schien's die Tür zu eines Anderen Garten,
Und leise trat ich ein;
Doch als ich drüben, sah ich alle Dinge still nur, sah
auch den And'ren auf mich warten,
Von diesem Jenseits meiner Grenzen mir zu sagen:
es sei mein!

10 Ganz leicht ...

... legte er seine Stirn an die große Fensterscheibe, während er in den Garten hinausschaute, der von einer hauchdünnen Schneeschicht wie verschleiert schien. Eine wunderbare Kühle strömte in ihn ein, beruhigte seine Gedanken, die sich heißgelaufen hatten in den letzten zehn Tagen, Tagen, in denen er allein gewesen war in dem großen Haus und in denen er es einfach nicht geschafft hatte, zu Rande zu kommen mit einem Satz, der sich ihm aufgedrängt hatte, kurz, nachdem Paula, seine Frau, zu ihrer erkrankten Mutter abgereist war, welche sie um Hilfe und Beistand gebeten hatte.

Er hatte sich irgendwie gefreut auf diese Zeit mit sich allein und sich vorgenommen, sie zu nutzen, seine Gedanken zu ordnen, zu analysieren, warum ein friedliches Miteinander mit Paula immer schwieriger geworden war in den letzten Jahren, war dabei voller Zuversicht gewesen, zu handfesten Ergebnissen zu kommen, und hatte fest daran geglaubt, eine neue Basis erarbeiten zu können für ihrer beider Zukunft.

Aber dann war er am Morgen nach Paulas Abreise aus einem üblen Traum, dessen Inhalt nach dem Erwachen sofort verschwommen war, hochgeschreckt und hatte nur noch diesen Satz vor sich gesehen wie eine Mauer, die ihn undurchdringlich und dennoch keinen Zweifel daran erlaubend, dass die einzig mögliche Bewegungsrichtung durch sie hindurchgehe, angeschwiegen hatte: »Unsere Ehe hat sich zersetzt!«

»Zersetzt!« Was für ein wüstes, seelenloses Wort für den doch schon über dreißig Jahre lang währenden gemeinsamen Weg mit Paula! Er war schockiert gewesen über die Zumutung, einen solchen Ausdruck gewählt haben zu sollen. »Zersetzt!«

Aber kein Versuch, den gnadenlosen Satz als Traumgespinst abzutun und ihn aus seinem Denken zu verscheuchen, hatte geholfen. »Du hast es gesagt«, hatte er sich immer wieder selbst erinnert, »Du *hast* es gesagt!«

Und dann hatte ein zehntägiges Martyrium begonnen, das all seine Kräfte herausgefordert hatte bei seinem Versuch, dieses vernichtende Urteil zu verstehen, zu relativieren und wenn möglich aus der Welt zu schaffen.

Er hatte zunächst alles Negative seiner Ehe aufgelistet: die Distanz, die sie plötzlich gespürt hatten, als die Kinder aus dem Haus waren, das Auseinanderdriften ihrer Interessen, die immer kürzer werdenden Zeiten, in denen sie miteinander sprachen, das zunehmend Mechanische in ihren Zärtlichkeiten, die vergeblichen Versuche, mit professioneller Hilfe Lösungen zu finden, und vor allem die gegenseitigen Vorwürfe und die Ermüdung, die beide spürten, ihr erlahmender Wille, einen Ausweg zu finden.

Dann hatte er versucht, das Negative dem Positiven entgegenzuhalten, »das Glas ist entweder halb leer oder halb voll!«, hatte er sich Mut gemacht, und war doch immer wieder wie eingebrochen in die Erkenntnis, dass alles, was er an Positivem hätte sagen können, in der Negativliste schon als mangelhaft aufgeführt war.

Gestern Abend dann hatte er sich schließlich eingestehen müssen, dass dieser Satz, der an den Wächtern seines Bewusstseins vorbei in seine Wirklichkeit eingedrungen war, vielleicht zum Ehrlichsten gehörte, was er jemals gewagt hatte zu denken: »Unsere Ehe hat sich zersetzt!«

Wie eine Ruine hatte das gemeinsame Haus jetzt vor seinem inneren Auge gestanden, an allen Ecken und Kanten bröckelnd, das Dach eingestürzt, die Fenster ohne Scheiben, die Bewohner frierend in ihrer Obdachlosigkeit.

Und voller Traurigkeit hatte er sich schlafen gelegt an diesem letzten Abend vor Paulas Rückkehr: das also war das Ergebnis seines Vorhabens, eine neue Basis präsentieren zu wollen und eine Umkehr zu ermöglichen für ihr Zusammenleben!

Im Traum dieser Nacht hatte er die Ruine noch einmal vor sich gesehen: Fenster- und Türöffnungen waren jetzt zugemauert, und alles zerfiel; er hatte den Weg nicht finden können an einer Wahrheit vorbei, die ihn förmlich erschlagen hatte. Wie sollte er heute Paula begegnen ...

Immer noch kühlte die winterkalte Fensterscheibe seine Stirn, und matt blickte er hinaus in den Garten. Seit Weihnachten hatte es ununterbrochen geregnet, erst heute Morgen war ein wenig Schnee gefallen, der die Dunkelheit unter dem wolkenverhangenen Himmel ein wenig aufhellte. Ein winziger Vogel kam vom Nachbargarten herübergeflogen und landete auf der Rückenlehne eines der beiden Gartenstühle, die sie im Winter immer draußen stehen ließen – ein kleiner Gartentisch gehörte dazu ... alles aus Teakholz, das sah, so hatten Paula und er es immer empfunden, heimelig und einladend aus auch in der kalten Jahreszeit.

Nur einen Moment verweilte das Vögelchen, dann flog es wieder davon. Wie gebannt aber blieb sein Blick an der Stelle haften, wo das Holz der Stuhllehne für einen kurzen Augenblick die Ehre gehabt hatte, als fester Boden für diese Körper gewordene Leichtigkeit dienen zu dürfen – denn so kam es ihm vor: wie ein Geschenk, das sich Vogel und Lehne bei dieser leisen Begegnung gemacht hatten.

Er öffnete die Tür zum Garten und ging hinaus, wie magisch angezogen von diesem Ort, legte sogar kurz seine Hand auf eben jene Stelle der Lehne, ganz behutsam, wie um etwas Lebendiges zu fühlen, und setzte sich schließlich trotz der bitteren Kälte, die er kaum spürte, in den Stuhl.

Aus einem Moment der Ruhe heraus nahmen seine Gedanken eine neue Richtung, als wenn sie sich jetzt aus einer anderen, ihm gleichwohl sehr vertrauten Quelle speisten, und er konnte kaum noch verstehen, wie es hatte sein können, dass er sich einem Wort gebeugt hatte, das eine Art Todesurteil über die Gemeinschaft mit Paula war. Wie die drohenden Schlechtwetterwolken über ihm, so kamen ihm jetzt die Gedanken der letzten Tage vor: düster, beängstigend, wie aufgeladen von einem diffusen, bodenlosen Mangelgefühl, durch das sich ein feines Netz gegenseitiger Vorwürfe zog wie ein mathematisches System, dessen Grundvoraussetzung die wenn auch nur um ein Geringes größere Schuld des anderen war. Auch seine Negativ-Positiv-Liste hatte letztlich dieser Formel gehorcht.

Jetzt konnte er die Kraft erkennen, die ihr gemeinsames Haus zersetzt hatte in eine Ruine ohne Hoffnung: diese Kraft war der Vorwurf der Schuld, der klammheimlich das Fundament unterwandert hatte.

Was hatte sie denn zusammengeführt, damals? Nein, das war nicht nur Verliebtheit, das war auch ein Gefühl der Zugehörigkeit gewesen, dass sie einander anvertraut seien, darüber hatten sie anfangs auch miteinander gesprochen. War das denn wirklich ausgelöscht oder nur von dieser Unheil androhenden Wolke verhüllt?

Wie oft hatte er früher dies Gefühl der Ehre empfunden, gemeint zu sein von ihr, beim Namen genannt, erkannt zu sein in seinem Innersten, ganz gleich in welcher Situation, durch Paulas bloße Anwesenheit, so wie er es eben in der Begegnung zwischen dem kleinen Vogel und, ja: einem Stück Holz ... erinnert hatte.

Schützend hielt er eine Hand vor seine Augen, für einen Moment hatte ihn ein Lichtreflex geblendet, der von einem Fenster des gegenüberliegenden Nachbarhauses her gekommen war. Tatsächlich hatte sich eine breite Wolkenlücke aufgetan, und zum ersten Mal seit Wochen konnte er wieder ein Stück blauen Himmels sehen. Dichte Wolkengebilde umgaben diese offene Weite und sprachen von der Quelle des Lichts, das sich ihm – von den Wolkenrändern eingefangen – wie in tausend Formen ausgegossen zeigte, als sei die sich noch im Verborgenen haltende Sonne in Stücke zersprungen.

»Zersetzt«, fast lächelte ihn jetzt dies Wort, das ihn so sehr niedergedrückt hatte, an: er wäre ja auch niemals auf den Gedanken gekommen, die Einheit und den Zusammenhalt der alles erhellenden und nährenden

Sonne zu bezweifeln, nur weil ihr ein Zerrspiegel vorgehalten wurde!

Und Freude kam in ihm auf und überstieg seine Schmerzen.

Sie war etwas früher als angekündigt nach Hause gekommen, leise hatte sie die Haustür aufgeschlossen, um Manfred zu überraschen. In der Zeit, die sie bei ihrer kranken Mutter verbracht hatte, war viel in ihr geschehen. Als sich der Zustand der Mutter von Tag zu Tag verbessert und sich gezeigt hatte, dass sie die schwere Gesundheitskrise überstehen würde, hatte sich in Paula wie aus dem Nichts ein Gefühl ausgebreitet, das sie in dieser Intensität und Tiefe lange nicht mehr – oder vielleicht noch nie – empfunden hatte: Dankbarkeit. Es war für beide, für Mutter und Tochter, eine gute, eine heilsame Zeit gewesen.

Und dann, als sie sich vorhin dem Haus genähert hatte, in dem sie mit Manfred, ihrem Mann, wohnte, mit dem das Zusammenleben so mühsam gewesen war in den letzten Jahren, da war dies Gefühl – nein, das war nicht das richtige Wort – diese Erfülltheit war wieder da gewesen und hatte sich ihr als Vorfreude auf die Wiederbegegnung gezeigt.

Sie hatte schon in allen Zimmern des Hauses nach ihm gesucht und erst, als sie jetzt ein zweites Mal ins Wohnzimmer ging, sah sie ihn viel zu leicht bekleidet draußen in einem der Gartenstühle sitzen.

Ein Lichtreflex, der von einem Fenster des gegenüberliegenden Nachbarhauses her kam, blendete sie, so dass sie ein paar Schritte weiter in den Raum hineingehen musste, um wieder in den Garten hinaussehen zu können. Milde lächelte sie über den kleinen Abdruck auf der Fensterscheibe hinweg, den – »typisch«, dachte sie auch jetzt in einer alten Gewohnheit – Manfreds Stirn hinterlassen hatte. Und dann sah sie seine Freude, sah seine Träne, ging hinaus, ging zu ihm hin, vergaß alles, was sie hätte sagen wollen und legte einfach nur leise ihre Hand auf seine Schulter, ganz leicht ...

11 Nur die Ruhe!

Irgendetwas in mir will ein großes Ding draus machen: »Das ist doch ungeheuer, was da gerade passiert ist«, tönt es, »unglaublich, phänomenal, bizarr!« – nur zu gut kenn' ich es, dies »Irgendetwas«, das immerzu darauf lauert, groß rauszukommen, Situationen für sich auszunutzen, Überlegenheiten herzustellen, den genialen Allesberechner, diesen vorlauten Mieter meiner Seele, dem ich längst gekündigt habe, der mir aber immer noch treu hinterherläuft wie ein Hund – wobei allerdings der Abstand von Tag zu Tag wächst, den er zu mir hält, und so überhöre ich die leise Dankbarkeit nicht, die mich durchzieht wie der sanfte Basston eines schlichten, unkomplizierten, aber ins Unendliche sich entfaltenden Klanges, als ich mit meinem Wagen aus eben jenem Tor wieder hinausfahre, durch das ich vor etwa einer halben Stunde schlecht gelaunt und voller Zweifel in die Halle einer Autowerkstatt eingefahren war.

Kurz zuvor war mir an einem der lautesten, unschönsten und von den unerbittlich drängenden, hektischen Verkehrsbewegungen zweier sich hier kreuzender Ausfallstraßen beherrschten Orte Hamburgs, nahe den Elbbrücken, in der Dunkelheit des winterlichen Berufsverkehrs eines der Abblendlichter ausgefallen. Normalerweise hätte ich vielleicht gedacht: ›Halb hell ist besser als ganz dunkel‹, aber mein Gemüt hatte sich zu diesem Zeitpunkt bereits von einem Zweifel gefangen nehmen lassen, der solche Aufmunterungssprüche nicht mehr hatte akzeptieren wollen.

Gestern Abend war ich von meinem besten Freund angerufen worden: es gehe ihm nicht gut. Seit langem schon leidet er unter den Folgen der Verengung seiner Herzkranzgefäße und muss sich regelmäßig zur Kontrolle bei einem Arzt einfinden. Die Beschwerden, die er in unserem Gespräch vorgetragen hatte, waren ihm durchaus vertraut gewesen, sie hatten ihn nicht sehr beunruhigt, er hatte lediglich von mir wissen wollen, ob ich ihm raten würde, dennoch gleich morgen zum Arzt zu gehen. Ich hatte das mit einem guten Gefühl befürwortet, und es wurde vereinbart, dass wir uns heute Abend wieder sprechen wollten. An diesem Morgen aber hatten sich Zweifel bei mir eingeschlichen: was, wenn der Freund seine Beschwerden heruntergespielt hatte, was, wenn er besser gleich, noch am Abend, untersucht worden wäre, was, wenn ...

Während meiner Fahrt zur Arbeit waren die Zweifel angewachsen und quälend geworden, und ich hatte beschlossen, bei nächster Gelegenheit zu halten und den Freund anzurufen, als mir, ja, so kann man wohl sagen: das Licht ausgegangen war. Die Werkstatt, die ich von einem mehrere Jahre zurückliegenden Besuch her bereits kannte, hatte ich, als das passiert war, schon sehen können, und es war mir gerade noch rechtzeitig gelungen, mich einzuordnen, um auf den Hof des Werkstattgeländes abbiegen zu können. Vor dem geschlossenen Rolltor der Halle hatten zwei Mechaniker gestanden und vor ihrem Arbeitsbeginn noch genüsslich ihre Zigaretten geraucht. »Ich bin wohl ein bisschen früh?«, hatte ich einen der Männer gefragt, der überraschend freundlich geantwortet hatte: »Kein Problem, fahren Sie rein!«, während von seinem Kollegen das Rolltor geöffnet worden war.

Und dann fuhr ich also in die Halle hinein, die sich riesig vor mir öffnete – ich hatte das alles viel kleiner in Erinnerung! Auf der dem Tor gegenüberliegenden Seite sah ich die Durchfahrt zu mindestens einer weiteren Halle, rechts ging eine Eisentreppe hinauf zu einem in halber Höhe des Raumes wie schwebenden, großen, rundum verglasten Büroraum, und hinter und zwischen den zahlreichen Hebebühnen überall Autoteile, Werkzeug, Ölkanister und was hier sonst noch gebraucht wurde, und natürlich zahlreiche Autos, die auf ihre Reparatur warteten.

Kein ungewöhnliches Bild also, auffällig war allenfalls der Anblick der Männer: Die Mechaniker, alle wohl türkischer Abstammung – vielleicht waren es fünfzehn, die ich auf den ersten Blick sah – hatten ihre Arbeit noch nicht aufgenommen. Müde standen sie einzeln oder in kleinen Grüppchen herum, schlürften ihren Kaffee oder wechselten ein paar Worte miteinander. Nur gleich links, neben dem Rolltor, ganz in der Nähe der wunderbar einladend blubbernden Kaffeemaschine, hielt sich eine größere Gruppe von sieben oder acht Männern auf, die um den offensichtlich einzigen Stuhl herum einen Kreis bildeten, auf dem sich, wie ich nur flüchtig sehen konnte, ein älterer Herr mit grauen Haaren bequem ausgestreckt hatte, wohl der Seniorchef, der hier seine Audienz hielt, war meine Vermutung. Die Männer tranken gemütlich ihren Kaffee und plauderten miteinander, und irgendwie fühlte ich mich von diesem geradezu heimeligen Eindruck angezogen und lenkte meinen Wagen auf den ersten Platz direkt neben den Männern, obwohl ich ganz kurz überlegt hatte, ob es nicht klüger sei, etwas weiter entfernt von ihnen zu halten, um meine Bereitschaft zu demonstrieren, noch zu warten, bis ihre Arbeitszeit begonnen hätte. Ich stieg aus, als einer der Männer sich aus der Gruppe löste und sehr freundlich auf mich zukam, und wir besprachen, was zu tun sei. Er stellte seinen Kaffeebecher ab und begann sofort mit der Arbeit. Derweil ging ich ein wenig auf und ab, wechselte auch hin und wieder ein paar Worte mit dem Arbeitenden, wenn mir schien, dass ihn das nicht störte – die Unsitte, Abblendlichter so einzubauen, dass man den halben Motor herausnehmen müsse, um sie zu wechseln, die Auftragslage im Allgemeinen, das Wetter im Speziellen und dergleichen – ging wieder auf und ab, schaute hierhin und dorthin – und merkte nichts. Ich merkte einfach nichts! Im Nachhinein ist das für mich noch das Erstaunlichste an der Situation: für mich war alles sozusagen normal, nichts wirklich Ungewöhnliches spielte sich hier ab – eine Autowerkstatt am frühen Morgen.

Die Reparatur indes weitete sich etwas aus, der Mechaniker zeigte mir den Stecker des Abblendlichts, in dem die Kontakte gerostet und gebrochen und das Plastik des Sockels teilweise verschmort war, ein Anblick, der mich unangenehm an meine Sorgen erinnerte, die mich auf der Fahrt hierher bedrängt hatten. Ich würde also noch etwas Zeit hier verbringen müssen und ging, nachdem ich einen Anruf entgegengenommen und etwa zwei Minuten telefoniert hatte, weiter auf und ab, man könnte sagen: mit der unschuldigen Wahrnehmung eines Blinden.

Etwa sieben bis acht Minuten waren jetzt seit meinem Eintreffen vergangen, als plötzlich das große Rolltor wieder aufging – einer der Männer, die mich empfangen hatten, musste es von außen geöffnet haben – und ein großer, leuchtend roter Rettungswagen der Feuerwehr ganz langsam durch das für ihn sehr enge Tor in die Halle einfuhr.

Mein erster Gedanke war: ›Auch Krankenwagen haben mal technische Probleme!‹ Ich staunte noch über die Ästhetik dieses Anblicks: geradezu majestätisch stand der Rettungswagen jetzt zwischen all den schmierigen Autoteilen, Hebebühnen und seinen mehr oder minder lädierten Artgenossen.

Als aber gleich darauf ein kleinerer Notarztwagen in die Halle fuhr, begriff ich, dass hier irgendjemand größere körperliche Probleme haben musste – wahrscheinlich da hinten, dachte ich, in der zweiten Halle, in der ich jetzt auch, wie ich meinte, hektische Bewegungen ausmachen konnte.

Dann aber wurde der Blinde endlich sehend: Sanitäter und Notärztin waren inzwischen ausgestiegen und eilten zügig, aber ohne jede Hektik, *... was ist das, ... auf mich zu? Ich? Nein, da sind sie schon an mir vorbei, ich drehe mich um, folge ihnen mit den Augen zu der Gruppe Männer neben mir, die ihren Kreis geöffnet haben, und jetzt sehe ich erst ... der alte Mann auf dem Stuhl, er hat einen Herzinfarkt erlitten, gar kein Zweifel: aschfahl sein schmerzverzerrtes Gesicht, die linke Hand am Herzen, kämpft er ganz offensichtlich damit, bei Bewusstsein zu bleiben! Dazu habe ich »bequem ausgestreckt« gedacht vorhin! Ich fasse es nicht:*

ich stehe all die Zeit direkt neben ihm oder gehe an der Gruppe vorbei, gehe auf und ab, telefoniere, schaue mich um, und merke nicht, dass dieser Mann um sein Leben kämpft! Wenn auch nur einer der ihn Umstehenden unruhig geworden, irgendeine Art Nervosität entstanden oder Ungeduld beim Warten auf den Krankenwagen aufgekommen, ... wenn hier Angst gewesen wäre: ich hätte es sofort gemerkt und näher hingeschaut. Ich ...

... ich trat einen Schritt zurück, vollkommen absorbiert zunächst noch von dieser Situation, die wie eine Inszenierung meiner sorgenvollen Bilder um meinen Freund auf mich wirkte, unfassbar: da schien er zu sitzen, genau so, wie ich ihn in meinen schlimmsten Befürchtungen vor mir gesehen hatte, und ich hatte ihm den falschen Rat gegeben! Aber wie in einer Art gutem Zorn, der nicht gegen etwas gerichtet ist, sondern die Wahrheit vor dem Untergang bewahren will, fegte ich diesen Gedanken aus meinem Sinn. Nein, das hier war nicht das Bild meiner Befürchtungen, hier war alles anders: hier war eben keine Angst! Dieser Mann hatte große Schmerzen, war kurz vor dem Kollaps, er kämpfte – aber blieb dabei absolut ruhig und gesammelt. Es schien, als habe sich die Ruhe der Männer, die ihn umstanden hatten, auf ihn übertragen, ihre – wie soll man sagen – Normalität. Jeder von ihnen hätte sich leicht dieser bedrohlichen Situation entziehen, hätte einfach weggehen können. Sicherlich, der Werkstattmeister hätte dableiben müssen, vielleicht noch ein oder zwei andere, aber alle acht waren sie geblieben, hatten einen schützenden Kreis um den Kranken gebildet und damit das Beste getan, was sie hatten tun können: ihm ihre

Ruhe gegeben wie einem Bruder, den man nicht alleinlässt, wenn er in Not geraten ist.

Das war es, was ich sah, nicht das Bild meiner Furcht, sondern die Kraft, die von dieser Ruhe ausging und dem so Gehaltenen sehr wahrscheinlich das Leben rettete. Ich werde nie den Blick vergessen, mit dem sich der alte Mann, während er auf einer Trage in den Rettungswagen geschoben wurde, bei denen bedankte, die ihm das Schicksal zur Seite gestellt hatte.

Eine Weile noch stand ich mit dem Werkstattmeister zusammen, und er erzählte, dass es sich um einen Kunden handle, der es gerade noch bis hierher geschafft und beim Aussteigen aus seinem Wagen den Infarkt erlitten habe. Erst unmittelbar vor meinem Eintreffen habe ein Kollege die Feuerwehr angerufen.

Wir sahen, während er erzählte, durch die Fenster des großen Rettungswagens zu, wie Notärztin und Sanitäter sich bemühten, den Kreislauf ihres Patienten zu stabilisieren, um ihn für die Fahrt ins Krankenhaus vorzubereiten, was ihnen schließlich gelang. Alle atmeten auf, als die Wagen der Feuerwehr langsam aus der Halle rollten und einer der Sanitäter den Daumen hochhielt, um uns zu sagen, dass jedenfalls bis hierhin alles gutgegangen sei.

Der Meister nahm kein Geld von mir: »Das machen wir heute mal so«, sagte er einfach, und ich nahm das Geschenk an wie ein Verbündeter, ein Mitwisser um etwas Großes, Unbezahlbares, das immer noch für mich spürbar in dieser Halle anwesend war.

Und jetzt, da ich also wieder hinausfahre in den von seiner Gnadenlosigkeit halbverrückten Straßenverkehr – das Martinshorn ist in der Ferne noch zu hören – weitet sich die Dankbarkeit in mir aus, strömt als Gefühl großen Glücks durch mich hindurch und bis hin zu meinem Freund, an den mich nun nicht mehr meine ängstliche Sorge bindet, sondern vielmehr jene Ruhe, aus der das Vertrauen und die gute Kraft gekommen sind, die ich hier erlebt habe, ...

... und die ich wohl erleben sollte, bevor ich ihn jetzt gleich anrufen werde.

12 Des Urknalls Stille

Während in dem kleinen Dorf S. am Fuße der Alpen sich die erste Silvesterrakete ihren Weg durch die enge Zeitspalte zwischen vierundzwanzig Uhr des vergehenden und null Uhr des herannahenden Jahres nach oben in den nachtschwarz alles überwölbenden Himmel bahnt, um dort, sozusagen pünktlich, zu zerbersten und in Tausende farbiger Lichterfunken zu zersprühen, die in vorprogrammierter Choreografie zur Erde zurückregnen werden, während also die Zeit den Sprung macht von der Vergangenheit in die Zukunft und überall in den Häusern die Sektkorken aus den Flaschen knallen, um ebenso pünktlich den Weg freizugeben für den prickelnden Neubeginn,

kracht der siebenundvierzigjährige Klaus I. auf der Landstraße zwischen L. und V. im Ärger über seine Verspätung, die ihn, wie er fürchtet, um das Vergnügen bringen werde, mit seinen Freunden rechtzeitig auf das Neue Jahr anstoßen zu können, mit seinem funkelnagelneuen Ford Focus frontal in eine Rotbuche, die seit zweihundertfünfzig Jahren Sorge und Eile nicht kennt,

welche den Oberarzt der gynäkologischen Abteilung des Kreiskrankenhauses E. in S. nun doch zu der Entscheidung treiben, die Geburt der kleinen Sabine künstlich zu befördern, wodurch die Lokalzeitung in ihrer nächsten Ausgabe den ersten Geburtsschrei des Jahres als nur Sekunden vom Nullpunkt abweichend wird feiern können,

eine gute Nachricht, welche von Kerstin T., der in der Landmaschinen vertreibenden Firma E. in R. angestellten Noch-Sekretärin, allerdings nur mit melancholischem Desinteresse überflogen werden wird, da sie auf der seit etwa zwei Stunden rauschenden und soeben in die Stunde Null einmündenden Betriebsfeier ihrem Chef als Reaktion auf dessen schwächelndes Distanzgefühl gerade eine schallende Ohrfeige verpasst, was das Ende ihrer innerbetrieblichen Karriere und den Beginn der Aufstiegsmöglichkeiten einer zu diesem Zeitpunkt noch unbekannten neuen Sekretärin markiert,

ein Silvesterkracher der besonderen Art, den Helga F. aus E. auch dann nicht hören würde, wenn sie direkt neben der Schallquelle stünde, da sie – in ihrer nachträglichen Einschätzung peinlicherweise – vergessen hat, ihre Ohrstöpsel herauszunehmen, als sie nach dem für sie unhörbaren Klingeln beherzt, aber viel zu laut, bei ihrem Hausgenossen Manfred I. – mit dem sie nicht nur eine zwanzigjährige Nachbarschaft verbindet, sondern auch die bedauerliche Tatsache, fast ebensolange verwitwet zu sein – anklopft, um endlich einmal mit ihm auf das Neue Jahr anzustoßen, noch nicht ahnend, dass man künftig nur noch eine gemeinsame Wohnung benötigen werde,

eine Fügung des Schicksals, welches Hugo E. aus R. in eine völlig andere Richtung weist, der sich just darüber klar wird, dass der laute Knall in seinen Ohren nicht allein von dem Böller herrührt, den der Junge auf der anderen Straßenseite gezündet hat, sondern – und aus seiner Sicht vor allem – von der Tür, die in seinem Rücken mit solcher Heftigkeit zugeschlagen wird, dass keinerlei Zweifel an der Endgültigkeit des ihm den Rückweg verwehrenden Entschlusses bestehen kann.

Während die Welt also einen Schritt weitergeht und die alten Schalen sprengend überall das Ritual des Neuanfangs gefeiert wird, der lautstark und funkensprühend den vermeintlichen Graben zwischen morgen und gestern überspringt, haben sich die Geschwister Anna und Johannes im Garten des elterlichen Hauses endlich gefunden. Sie stehen einander gegenüber, inmitten krachender Böller, zischender Raketen und klingender Gläser, fassen sich an den Händen und sehen sich in die Augen, sehen den Riss, durch den am Abend auf der Reise hierher – Anna sitzt im Zug, Johannes in seinem Auto – die Nachricht ihres Bruders Christian, dass er nach Lage der Dinge nicht mehr lange zu leben haben werde und auch nicht zu der gemeinsam geplanten Feier kommen könne, in ihre Wirklichkeit einbricht, sehen diesen Riss im Auge des Anderen weit geworden wie ein offen stehendes Fenster, durch das die Gegenwart ihres Bruders sie schließlich findet ...

... und eine Stille, frei von jedem Schrecken, nimmt sie eine ganze Ewigkeit lang zärtlich in den Arm.

13   Yet I found you there ...

*»Sei du gewiß, wenn Worte Atem sind
Und Atem Leben ist, ...«*

lässt Shakespeare die Mutter Hamlets, Gertrud, diesem entsetzt entgegnen, als ihr Sohn sie gerade mit einer unfassbaren, bodenlosen Tirade aus Vorwürfen traktiert hat, die in ein unauflösliches Konglomerat aus messerscharfen, nadelspitzen, in sich widersprüchlichen Wortattacken mündet, was die Mutter schließlich vollends in die Ohnmacht jagt:

*»... hab' ich kein Leben,
Das auszuatmen, was du mir gesagt.«* [1]

Er scheint alles über uns gewusst zu haben, Shakespeare, der große Magier des Wortes, auch dies: dass Worte vernichten können, wenn die Angst groß genug ist. Es steht zu vermuten, dass es die persönlichen Erfahrungen einer empfindsamen Seele mit Gewalt dieser Art gewesen sind, die ihn angetrieben haben, ein Universum aus Worten zu schaffen, ein Universum der Begegnung des Menschen mit sich selbst, dem Anderen und der

---

[1] Dieses und die weiteren Shakespeare-Zitate sind entnommen der »Winkler Weltliteratur Dünndruckausgabe: Sämtliche Dramen«, 6. Auflage 1987, nach der 3. Schlegel-Tieck-Gesamtausgabe von 1843/44. Die Orthographie wurde wie dort verwendet beibehalten. Hier: Aus Band III, S. 660; Hamlet, Prinz von Dänemark: Dritter Aufzug, vierte Szene.

Welt in all ihren Facetten, das wohl vollständiger nirgends in der Literatur zu finden ist. Er hat mit der Macht des Wortes die von Gewalt und Willkür bedrohte und zerbrochene Welt wieder in sich aufgerichtet, sein persönliches Königreich geschaffen, in dem trotz aller Dramen der Gedanke der Gerechtigkeit siegt.

Als Magier hat er sich selbst gesehen, was eines seiner letzten Stücke, ›Der Sturm‹, zeigt, in dem er sich unzweifelhaft selbst beschreibt:

Prospero, der den Künsten und Wissenschaften zugetane Herzog von Mailand, wird von seinem herrschsüchtigen Bruder hintergangen und zusammen mit seiner schönen Tochter Miranda auf eine Insel verbannt. Dort vervollkommnet er seine magischen Fähigkeiten, wobei ihm der Luftgeist Ariel zur Seite steht, der dem Ankommenden zur Begrüßung einen Spiegel vorhält, in dem wir wohl auch Shakespeares Bild von sich selbst und seiner Macht über den Geist erkennen können:

»*Heil, großer Meister! Heil dir, weiser Herr!*
Ich komme, deinen Winken zu begegnen.
Sei's fliegen, schwimmen, in das Feuer tauchen,
Auf krausen Wolken fahren: schalte nur
Durch dein gewaltig Wort mit Ariel
Und allen seinen Kräften«.[2]

Mit Ariels Hilfe bringt Prospero die Übeltäter in seine Gewalt und stellt nicht nur die rechtmäßigen Herr-

---

[2] Ebd., Band I, Seite 38; Der Sturm: Erster Aufzug, zweite Szene.

schaftsverhältnisse wieder her, sondern verhilft auch den Liebenden, Miranda und dem Königssohn Ferdinand, zu ihrem Glück. Auch hier ist die Welt also wieder aufgerichtet – in den Grenzen der Vorstellungen Shakespeares von dem, was man eine ›heile Welt‹ gewohnt ist zu nennen.

Aber ist sie denn geheilt, eine Welt, in der im Namen der Gerechtigkeit auch viel vergolten, verachtet und getötet wird, um eigentlich immer nur dem Adligen, dem besonderen Menschen gewissermaßen wieder auf den Thron zu helfen?

Und was ist eigentlich mit Gertruds stockendem Atem?

Muss sie wirklich derart in sich verloren gehen, erdolcht von Worten, erdrückt vom rasenden Zorn ihres Sohnes? Ist da etwas endgültig unheilbar in uns, gibt es wirklich kein Leben, in das wir auch unsere Ohnmacht hinausatmen können?

Shakespeare jedenfalls beantwortet Ohnmacht letztlich immer mit Macht, und seine Antwort auf die Schuld, die dunkelste Ecke des Menschseins, bleibt Vergeltung und Gerechtigkeit. Gleichwohl hat ihn das Wort selbst immer wieder an dessen eigene Grenze geführt, wovon die vielen mystisch anmutenden Stellen zeugen. In vielen Dialogen und in einigen der verwendeten Prophezeiungen kann man die Hoffnung auf einen Weg aus Ohnmacht, Schuld und Irrtum ahnen, der nicht Macht ist, sondern Hoffnung auf einen Raum, in dem man nicht verloren gehen kann, aber bei dieser Ahnung bleibt es.

So findet etwa, nachdem Krieg, Täuschung, Verrat und Schuld seine Welt zerschlagen haben, Posthumus

Leonatus, der Held in ›Cymbeline‹, im Kerker seinen Tod erwartend, ein Buch mit einer Prophezeiung, die kommendes Heil verkündet. Was auch als das Hindeuten auf die Heilkraft der die Welt und unser Denken über sie übersteigenden Liebe gelesen werden kann, lässt Shakespeare einen Wahrsager als verklausulierte Vorwegnahme kommender realer Ereignisse deuten. So bleibt Shakespeare der Magier, behält das letzte Wort, das keine höhere Macht über sich duldet:

»Wenn eines Löwen Junges, sich selbst unbekannt, ohne Suchen findet und umarmt wird von einem Stück zarter Luft; und wenn von einer stattlichen Zeder Äste abgehauen sind, die, nachdem sie manches Jahr tot gelegen haben, sich wieder neu beleben, mit dem alten Stamm vereinen und frisch emporwachsen: dann wird Posthumus' Leiden geendigt, Britannien beglückt und in Frieden und Fülle blühend.«[3]

Aus den Lautsprechern kommt von Klaviermusik begleiteter Gesang – wir sehen heute eine Aufführung des ›Macbeth‹ von Shakespeare. Die Schauspieler haben bisher alles gegeben und mit beeindruckender Intensität die Atmosphäre von Verrat, Mord, Hoffnung und Verzweiflung auf die Bühne gezaubert. Wir sind an der Stelle, als der Königsmörder Macbeth zum zweiten Mal

---

[3] Ebd., Band III, Seite 1087; Cymbeline: Fünfter Aufzug, vierte Szene.

die Hexen aufsucht, um sich seine Zukunft prophezeien zu lassen. Eine der Hexen wird von Maike gespielt, der zweiundzwanzigjährigen Tochter einer Familie, mit der ich in langjähriger Freundschaft verbunden bin. Das Leben hat ihr, wie auch den meisten ihrer Schauspielkollegen, ganz besondere Aufgaben zugeteilt, die sie gemeinsam mit ihrer Familie lernen musste zu meistern. Ein Rollstuhl hilft ihr, mobil zu sein, und sie hat erreicht, so zu sprechen, dass man sie mit etwas Konzentration sehr gut verstehen kann. Das Theaterspielen ist eine ihrer Leidenschaften geworden, sie hat hier im Theater viele neue Freunde gefunden, die gemeinsam mit ihr auch das Stück, das wir jetzt sehen, einstudiert haben.

Gerade ist also die Hexenszene gespielt worden, die bekannt geworden ist wegen ihrer täuschenden Prophezeiung: Macbeth hört, dass er nicht gefährdet sei, bis der Wald von Birnam auf seine Burg zukäme und er nicht getötet werden könne von einem Menschen, der von einer Frau geboren sei. Es sind Worte, die Macbeth sehr beruhigen, zu Unrecht, wie sich später herausstellen wird: das feindliche Heer wird sich getarnt mit Ästen und Zweigen aus dem Wald von Birnam der Burg nähern, und der ihn tötet, wird der per Kaiserschnitt geborene Macduff sein.

Die Schauspieler verharren in ihren Positionen, als die Szene beendet ist und die Musik beginnt.

Einen Moment lang muss ich denken: ›Das geht nicht, das passt nicht zusammen, die Stimme hat einfach nicht die Möglichkeiten, die sie bräuchte, um das Lied zu singen‹, aber mein Zweifel zerfällt zu Staub, als sich nach und nach die ganze Schönheit des Gesangs entfaltet, die Schönheit des Miteinanders von Klavier und Stimme, von Vater und Tochter, denn es ist Maikes Vater, der da spielt – er hat mir nichts davon erzählt, aber ich erkenne sein Spiel – und es ist ihr Gesang. Eine Träne steigt mir ins Auge, so viel Schönheit ist ihm fast zu viel, und es will verschleiern, was es sieht.

»Yet I found you there« – und dennoch fand ich dich dort ... hat sie das wirklich gerade gesungen, am Ende des Liedes?

»Wenn eines Löwen Junges, sich selbst unbekannt, ohne Suchen findet und umarmt wird von einem Stück zarter Luft; und wenn von einer stattlichen Zeder ...« [4]

Als die Musik verklingt, scheint da eine wahrhaft mächtige Zeder zu stehen, die weiter hinaufreicht als Worte es je könnten, und ihr fehlt nicht der kleinste Zweig. Ein letztes Wort, so luftig schon, dass Magie es nicht mehr fassen kann, streicht sanft durch ihr Geäst: »Du bist mein Atem, wenn ich liebe.«

---

[4] Ebd., Band III, Seite 1087; Cymbeline: Fünfter Aufzug, vierte Szene.

14 Das leise Lied des Lebens

›Du hast Deine Mitte verloren!‹ – was für ein esoterischer Kitsch! Der Zorn, den er mit der Erinnerung an den gestrigen Abend wieder in sich aufleben lassen wollte, fühlte sich matt und künstlich an, so recht glauben konnte er ihm nicht mehr.

Er stand am Fenster seiner Kanzlei und betrachtete die aufblühende Magnolie im Vorgarten der Stadtvilla, in die er vor etwa einem Jahr mit seinem Büro und seinen acht Angestellten gezogen war. Er war sich nicht sicher, ob er sie jemals zuvor überhaupt wahrgenommen hatte, vielleicht hatte sie damals, als sie eingezogen waren, ihre Blüten bereits wieder abgeworfen. »Du bist schön!«, sagte er laut. Die anderen waren schon gegangen, er war ganz allein im Büro. »Du bist wirklich schön!«, wiederholte er sich, jede Silbe einzeln aussprechend, sich dabei aufmerksam zuhörend, wie seine Stimme klinge, ob sie sich verändert habe, seine Stimme, auf die er ganz besonders stolz war, die ihn immer verlässlich begleitet hatte und stets beteiligt gewesen war an seinen Siegen vor Gericht.

Und ja, er fand sie tatsächlich energielos, zweifelnd, ohne diese Entschiedenheit, die sie sonst ausmachte, weit weg von ihrer glasklaren Präsenz, die eine so überzeugende Wirkung haben konnte.

»Meine Mitte!«, er versuchte, das Wort zu verhöhnen. Seine Leidenschaft und sein Sport waren das Boxen, und ›die Mitte‹ war für ihn der Solarplexus, dieses empfindsame Nervengeflecht um die Bauchschlagader herum, das zu schützen er meisterlich gelernt hatte. Mit dieser

Art gefühlsduseliger Sensibilität, mit der die ›Mitte‹ zu irgend einem diffusen Wohnort einer Seele gemacht wurde, den und die man verlor, wenn man pragmatisch dachte und lebte, konnte er nichts anfangen, das hatte er ihr durch sein Verhalten ja wohl auch unmissverständlich zu verstehen gegeben!

Sie hatten sich gestern nach zwanzig Jahren wiedergesehen, damals hatten sie gemeinsam studiert, waren auch für kurze Zeit ein Paar gewesen, hatten sich aber nach dem Studium bald wieder aus den Augen verloren. Und jetzt dieses Wiedersehen! »Du bist noch klüger und attraktiver geworden, Klaus!«, hatte sie nach einem aus seiner Sicht recht unterhaltsamen Abend gesagt, und die Brust unter seinem blütenweißen Hemd war ihm schon stolz geschwollen, wie er es liebte: bis zu dem Gefühl, dass gleich der erste Hemdknopf abplatzen werde – als sie von unten herauf diesen unseligen Zusatz ausgesprochen hatte, der ja wohl der eigentliche Hauptsatz sein sollte: »Aber Du hast Deine Mitte verloren!«

Charmant und eloquent hatte er sich über die Situation hinweggeredet, das Abendessen für beendet erklärt, sich mit großer Deutlichkeit verabschiedet und keine zehn Minuten nach ihrer Bemerkung tief durchatmend und wieder allein vor seinem heiß geliebten Porsche gestanden.

Aber etwas hatte ihn davon abgehalten, gleich einzusteigen, er kannte diese Art Schwäche nur zu gut, diesen nach einem Lebertreffer sich zeitverzögert einstellenden Eingeweideschmerz, der einem das Mark aus den Knochen sog. Sie hatte ihn erwischt, einfach kalt erwischt mit diesem blödsinnigen Ausdruck!

Er hatte das noch wie ein Wissenschaftler von außen betrachten können, neugierig, fest davon überzeugt, Herr der Lage zu bleiben: es war doch interessant, wie eine Bemerkung, die sein Kopf als vollkommen bedeutungslos ablehnte, von seinem Körper offensichtlich ganz anders eingeordnet wurde! Eine ganze Weile war er noch spazieren gegangen und erst, als er sich beruhigt hatte, nach Hause gefahren.

›Na gut, vielleicht glaubt man viel öfter, als man meint, die eigene Sichtweise sei die einzig richtige‹, versuchte er jetzt in der Erinnerung an gestern die Situation mit einem Maß an Selbstkritik zu umkreisen, das ihm noch nicht gefährlich werden konnte. Auch diese Magnolie hier hatte er ja offensichtlich bis heute kaum beachtet, obwohl er ein Jahr lang fast jeden Tag ganz nah an ihr vorbeigegangen war! Das zeigte doch schon, wie sehr man von seinen persönlichen Interessen befangen ... wie ... unvollständig man wahrnahm! »Sie ist wirklich schön!«, sprach er noch einmal laut, und diesmal meinte er, was er sagte – ging aber, als er einen leichten Schwindel verspürte, sofort wieder dazu über, den zurückliegenden Tag zu analysieren.

Heute Morgen hatte er den zweiten Treffer einstecken müssen. Als er ins Büro gekommen war, hatte auf seinem Schreibtisch die Akte Uwe W. gelegen, ein längst abgeschlossener Fall, es hatte nur noch einer Unterschrift bedurft. Mit größtem Widerwillen hatte er die Akte geöffnet, und alles war wieder hochgekommen: der gewonnene Prozess, sein Unwohlsein damit und der Entschluss, den Fall so schnell wie möglich zu vergessen. Moralische Bedenken wie diese hatte er bisher nur aus schlechten Filmen gekannt: Der Verteidiger gewinnt den Prozess, in dessen Verlauf ihm bewusst wird, dass sein Mandant in allen Punkten schuldig ist, und verfällt dadurch in Selbstzweifel. Nein, er hatte nie einen Grund gesehen, an seinem doch klaren Auftrag zu zweifeln, der ihn dazu verpflichtete, die Interessen des Angeklagten zu vertreten und dabei sein ganzes Können und Wissen einzusetzen. Das hatte er auch hier getan, und zwar sehr erfolgreich, alle hatten ihm gratuliert nach dem Prozess! Als dann aber der Kläger an ihm vorbeigekommen war und ihn angeschaut hatte, da hatte er einen Moment nicht aufgepasst, hatte seine Deckung vernachlässigt, war schutzlos gewesen gegen den Blick eines Menschen, der einfach nur gesagt hatte: »Das war Unrecht!«

Die Schwäche von gestern Abend, die er längst überwunden geglaubt hatte, war wieder in ihm aufgestiegen, von innen heraus, aus den Eingeweiden war sie in seine Muskulatur eingesickert, und ihm war klargeworden, dass er schwerer getroffen war, als er geglaubt hatte, der Boden war unsicher geworden unter seinen Füßen, und er hatte sich energisch zu seinem gewohnten Selbstbewusstsein zurückrufen müssen, um sich nach außen hin nichts anmerken zu lassen.

Der entscheidende Schlag aber hatte ihn eben erst getroffen, vor nicht einmal zehn Minuten, und er hatte sofort gewusst, dass es jetzt kein wirksames Ausweichen mehr geben würde.

Er hatte sich gerade fertig gemacht, um nach Hause zu gehen, als der Anruf von Laura gekommen war. An ihrer Stimme hatte er gleich bemerkt, dass etwas nicht in Ordnung war – und er war vorbereitet gewesen: mit allen drei Schwestern war er seit langem gut befreundet, sie kannten sich schon von der Schulzeit her, Laura, die älteste, Klara, Anwältin wie er, mit der er sich häufig traf, um Berufliches auszutauschen, und dann eben die Jüngste, Sophie, die vor jetzt schon acht Jahren die Diagnose einer Krebserkrankung hatte hinnehmen müssen und die dank ihres unerschütterlichen Lebenswillens immer wieder in die Remission gekommen war, was unter den Ärzten inzwischen schon als ein Wunder galt. Aber man hatte natürlich irgendwo jenseits von Vertrauen und Hoffnung auch immer mit der Möglichkeit gerechnet, dass ihr Kampf einmal verloren gehen könne.

Ohne, dass ihm dies bewusst gewesen wäre, lag in ihm alles, was er in diesem Fall hätte sagen können an tröstenden Worten, wie auf Abruf bereit, und als Laura dann tatsächlich gesagt hatte: »Wir haben uns von unserer Schwester verabschieden müssen, Klaus ...«, da hatte er schon Luft geholt, um auszusprechen, was sich in ihm vorbereitet hatte.

Aber da hatte Laura, erschrocken über ihr Versäumnis, etwas Wesentliches nicht erwähnt zu haben, rasch hinzugefügt: »Klaus, es ist nicht die Kleine, nicht die Kleine, es ist Klara! Sie ist ... die Kellertreppe ... sie ist ganz unglücklich auf den Kopf ... sie war sofort tot.«

Nur ein einziges Mal in seiner Boxerkarriere hatte er einen echten K.o. hinnehmen müssen, das war vor etwa fünf Jahren gewesen, aber die Erinnerung daran war das Erste, was ihm in den Sinn gekommen war, als sich zwischen ihm und Laura dieses uferlose Schweigen ausgebreitet hatte: Damals hatte er noch im Fallen glasklar gedacht, war alle Strategien noch einmal durchgegangen, hatte die Fehler analysiert, für die Zukunft Schlüsse gezogen und die Taktik nachgebessert; blitzartig hatte er einen gedanklichen Kreis gezogen in dem Versuch, etwas auszuschließen, was dennoch als fühlbare Gewissheit unerschütterlich dagestanden hatte, während er zu Boden gegangen war: ›Es ist zu spät, du kannst nichts mehr machen. Aus.‹

Diesmal hatte er dieses ›Aus‹ als vollkommene Sprachlosigkeit erlebt, während er sich selbst zugehört hatte, wie er in das Schweigen hinein etwas Tröstendes sagte und seine Hilfe anbot, ohne das Schweigen damit auflösen zu können. Er hätte jetzt auch nicht mehr sagen können, wie sie das Gespräch beendet hatten: Eine Art Graben war entstanden zwischen der Nachricht und diesem ›Jetzt‹, in dem er hier am Fenster stand und die Ereignisse seit gestern Abend noch einmal durchging in dem ohnmächtigen Versuch, eine Kontinuität zu beschwören, die es nicht mehr gab.

Klara. Morgen hätte man sich wieder treffen wollen. Sie war die andere Art Anwältin gewesen, ja, sicher: menschlicher als er, weiblich eben, dafür nicht ganz so erfolgreich! Oh je, was für ein Unsinn! Weiblich! Nicht so erfolgreich! Himmel! Sie war einfach ... sie war eine Freundin! Hatte er nicht immer heimlich gedacht, dass er sich sicher fühlen konnte mit seiner mehr abstrakten, erfolgsorientierten Art, solange sie, Klara, ihm die Freundschaft nicht kündigte? Hatte er nicht immer gewusst, dass ihm etwas bitter fehlte, das er in ihr wie deponiert hatte?

Er ließ nicht zu, dass auch nur ein einziges Bild ihres Sturzes vor sein inneres Auge kam, er ließ es nicht zu!

Er wollte das nicht sehen!

Und dann fühlte er, wie er fiel. Er stand aufrecht am Fenster, kein Zweifel, aber er, er!, mein Gott!, trotzdem der Körper stand, er fiel! Er konnte sich die Bilder verbieten zu sehen, aber er ging mit ihr zu Boden, fiel ihr hinterher. Und das konnte er nicht mehr stoppen. Hastig nahm er sein Jackett und verließ die Kanzlei.

Als er ins Freie trat, wehte ihn die laue Frühlingsluft freundlich an, und er blieb stehen, um sich für einen Moment die Sonne ins Gesicht scheinen zu lassen und sein aufgewühltes Inneres zu beruhigen.

Von einem Windstoß aus den Kronen gefegt, wirbelten ein paar vertrocknete Blätter vor ihm durch die Luft, die noch an ihren Bäumen hatten überwintern können, um erst jetzt der nächsten Generation zu weichen. Eins davon flog ihm mitten zwischen die Augen, so dass er sie reflexhaft schließen musste und für einen Moment ohnmächtig dastand wie von Blindheit geschlagen.

›Das passt ja!‹, dachte er ärgerlich, ›heute hat sich wohl alles gegen mich verschworen!‹, während er nach dem Blatt greifen wollte. Aber der Wind hatte ihm die Arbeit schon abgenommen, und als er die Augen öffnete, tanzte das Blatt vor ihm – wollte es ihn denn verhöhnen? – seinen wilden letzten Tanz.

Dann aber – er stand immer noch ein wenig betäubt da und sein Blick folgte fast willenlos dem Schauspiel – ging der Tanz in ein sanftes Segeln über, das Blatt gab sich jetzt ganz dem nachlassenden Wind hin, der es immer wieder auffing und ein kleines Stück hinauftrug, wie um ihm noch einmal zu ermöglichen, Abschied zu nehmen von der Baumkrone, die ein Jahr lang seine Heimat gewesen war, und es dann allmählich näher, näher und immer näher der Erde zu bringen.

Fasziniert waren seine Augen diesem Flug gefolgt, und was er sah, hatte sich zunächst nur mit dem Gefühl seines eigenen Fallens verbunden. Kurz, bevor das Blatt auf dem Boden aufkam, sah er dann aber plötzlich all die Bilder vor sich, die er sich seit dem Anruf Lauras verboten hatte anzuschauen: er sah den Sturz Klaras in allen Details, nichts ließ er aus, was seine Phantasie ihm ausmalen wollte, auch nicht all die Gedanken und Gefühle, die er, ja – die er mit ihr teilte, als er sie, die Freundin, stürzen sah. Er sah einen Film vor sich, der vollständiger nicht hätte sein können ... bis auf das letzte Bild, das sich ihm nicht mehr zeigen wollte. Stattdessen sah er vor sich wieder das Blatt, wie es nach einer letzten Drehung um sich selbst mit unendlicher Sanftheit vom Wind, von der Luft, von einem Hauch ... auf der Erde abgelegt wurde, so zart, wie eines Menschen Hand es nie vermocht hätte.

Und in dem längsten Augenblick seines Lebens, aus der Tiefe einer uralten, von nichts zu trübenden Freude, die wie ein leises, wohlvertrautes Lied in ihm aufstieg, als dies letzte Bild seinen und den Sturz Klaras in Eins zusammenführte, fiel seine Entscheidung.

 t

15 Schön, dass du da bist!

»Wie soll's denn nun weitergehen?«, Gerald wischte notdürftig das Regenwasser von der Bank, setzte sich vorsichtig hin – solche Bewegungen bereiteten ihm immer noch Schmerzen – und ließ seinen Blick über die Außenalster schweifen, über seine Alster, die er immer wieder aufsuchte, um sich zu sammeln und seine Gedanken zu ordnen.

Es ging ihm besser. Er hatte es überstanden. Und das Leben – das Leben war schön, trotz alledem! Ein Lächeln liebevoller Erinnerung und des Stolzes glitt über sein Gesicht, als er an seine Frau Anna dachte: »Wir haben uns doch nie unterkriegen lassen, was, Anna!«, und ihr vertrautes Gesicht tauchte verlässlich wie immer vor ihm auf, um sein Lächeln zu erwidern, oh ja – das tat es! Wie viel Kraft war ihm aus diesem nie endenden Gespräch mit ihr schon zugewachsen. Ohne ihre Hilfe wäre er auch aus dieser Situation niemals herausgekommen, das war seine feste Überzeugung! Zehn Jahre lang lebte er jetzt schon allein, ohne sie, mit der er so viel erlebt und die gemeinsame bescheidene Existenz aufgebaut hatte: den kleinen Kiosk am Klosterstern.

Ja, das Leben war schön! Der tropfnasse weiße Flieder eben auf dem Weg ... Anna hatte Flieder so geliebt ... die allmählich abziehenden Regenwolken, das Blitzen einzelner Sonnenstrahlen hinter den Wolken her und ihre Reflexe auf dem Wasser – tief sog Gerald die frische Frühlingsluft in seine Lungen ein und empfand diesen Tag als einen Meilenstein, einen Neuanfang, als das Wunder eines neuerlichen Frühlings seines Lebens:

Es würde weitergehen, wie auch immer, aber es würde weitergehen!

Es wurde ihm ganz leicht ums Herz bei diesem Gedanken, und am liebsten hätte er mit dieser Leichtigkeit die schwere, dunkle Wolke, die sich in den letzten Wochen über ihm ausgebreitet und ihn überall hin verfolgt hatte, am liebsten gleich all den Zweifel und die Furcht vor der Zukunft vertrieben, die in dieser Frage laut wurden, diesem: »Wie soll's denn weitergehen?«

Ganz so einfach war es aber dann doch wohl nicht, ›Geduld, Geduld!‹, machte er sich selbst Mut und blickte nach Beistand suchend hoch zu den Wolken, die ja auch nur allmählich das Blau des Himmels wieder freigaben.

Die Tat selbst erinnerte er nicht. Oder kaum. Ein paar schemenhafte Bilder, dass es ein Mann war, Teile seines Gesichtes, das Klingeln, als die Ladentür sich öffnet, andere, nicht einzuordnende Geräusche. Vielleicht war das alles aber von ihm nur phantasiert. Es war ihm ganz recht. Sollte es hinter dem Schleier des Vergessens verborgen bleiben, er wollte es ja gar nicht mehr sehen! Auch die Anfangszeit im Krankenhaus erinnerte er nur bruchstückhaft, zusammenhängend erst die letzten Wochen. Die Schmerzen, die er sicher gehabt hatte, all die Operationen, der ganze Überlebenskampf: keine Spur davon! ›Gut so!‹, dachte Gerald, bemerkte aber, dass er von einer Art ständigem Abklopfen derjenigen Details, die er zu erinnern glaubte, nicht loskam, dass er versuchte, doch ein Bild aus ihnen zusammenzusetzen, vielleicht, ja, das konnte er sich vorstellen, vielleicht, um wenigstens einmal das Gesicht des Mannes zu sehen, der ihn niedergestochen hatte.

Reflexhaft wollte Gerald von der Bank aufspringen und sich davonmachen, aber seine Hände umklammerten das Holz der Sitzfläche: ›Nein, nein!‹, befahl er sich zu bleiben, ›es ist alles gut!‹, und er beschwor die tröstende Gemeinschaft mit seiner Anna: ›Das haben wir uns doch jetzt schon oft zusammen angesehen, das kann uns nicht mehr auseinanderbringen, alles ist gut!‹, versuchte, sich wieder zu entspannen, lehnte sich zurück – und blieb.

Allmählich gelang es ihm, seine Gedanken zu lösen und in die ihn umgebende Natur zu lenken, zurück in die Wirklichkeit und in sein neu gewonnenes Zutrauen. Und doch war sie wieder da, die Frage, stellte er sie sich erneut: »Wie soll's weitergehen?«

Aber diesmal war etwas anders ... es war die Formulierung ... er hatte sich wörtlich gefragt: »Und jetzt? Wie soll's jetzt weitergehen?« und bekam sofort das Gefühl, dass mit dieser Formulierung etwas Spezielles verbunden war, eine Art Déjà-vu, als habe er das genau so schon einmal in einem ganz bestimmten Zusammenhang gehört!

»Und jetzt? Wie soll's jetzt weitergehen?« Es war, als klopfe die Frage von draußen heftig an die Fensterscheibe und er sitze drinnen und schaue sie an, nicht verstehend, was sie denn wolle. Aber das Klopfen ließ nicht nach, es ließ nicht nach! Und dann, dann war sie einfach da, war ganz ruhig zu ihm gekommen – seine Erinnerung: Er selbst, er hatte diese Frage gestellt, genau so, in diesen Worten, hatte sie dem gestellt, der ihm unmittelbar daraufhin, wie als eine Antwort, das Messer mehrfach in Bauch und Lunge gerammt hatte. »Und jetzt? Wie soll's jetzt weitergehen?«

Er sah nicht das Gesicht des Mannes vor sich, auch nicht eigentlich dessen Augen – er hätte weder deren Farbe noch deren Form beschreiben können – es war vielmehr der Blick, das, was die Augen sprachen in diesem Moment, nein, anders noch: es waren zwei ganz verschiedene Blicke, mal sah er den einen, mal den anderen, unvereinbar in dem, was sie meinten, und dennoch war sich Gerald absolut sicher, dass er beide gesehen hatte damals, ja, genau so, wie er es jetzt erinnerte: den einen Blick abgrundtiefen Hasses, als sich der junge Mann – war es ein junger Mann? – als sich der Mann auf ihn stürzte, ganz unvermittelt, mit einer ungeheuren Heftigkeit und absolut kompromisslos, nur noch eine Richtung kennend. Dann aber der andere Blick ... der war vorher ... da lag Zeit zwischen diesem und dem hasserfüllten Blick, da schien der Mann noch in einiger Entfernung von Gerald zu stehen, und ja: da hatte er ihm wohl gerade jene Frage gestellt: »Und jetzt? Wie soll's jetzt weitergehen?«

Unfassbar – dieser Blick – es war der Blick eines kleinen Jungen, der ... der stumm dieselbe Frage stellte und auf Antwort wartete, der hoffte, dass er, dass Gerald sie ihm geben werde, der wissen wollte, von ihm wissen wollte, ob es eine Alternative gebe!

Gerald rang nach Atem und kämpfte gegen die aufkommende Angst an. Es gelang ihm, noch einmal zurückzugehen zu diesem Moment ... und jetzt erinnerte er noch etwas Drittes: dass nämlich in ihm selbst, der er diese Frage laut gestellt hatte, dass in ihm selbst keine Antwort gewesen war. Nicht in diesem Moment. Die Angst, die er jetzt verspürte und die schon wieder dabei war, zu verrauchen, hatte ihn damals vollends ausgefüllt, bis in jede Zelle seines Körpers hinein. Da war kein Raum mehr gewesen für ... ja, für was? Für eine ähnliche Antwort, wie er sie sich eben noch selbst hatte geben können? Dass es immer weitergehe, auch, wenn man nicht wisse, wie? Ja, dieses Fünkchen Vertrauen, dass etwas Unverbrüchliches in ihm war, etwas Unzerstörbares, genau dieses Fünkchen war in ihm selbst – vielleicht nicht erloschen, aber jedenfalls verdeckt gewesen von der Angst, die ihn überflutet hatte, und er hatte diesem ersten, dem noch fragenden Blick, nicht antworten können. Und dann erst hatte der Hass auf seine Weise Antwort gegeben!

Nach und nach beruhigte sich Gerald wieder. Eine ganze Weile blieb er noch sitzen und stand schließlich auf, um langsam den Weg zurück nach Hause zu gehen. Der Gedanke, dass es vielleicht möglich gewesen wäre, dem Angriff anders zu begegnen, als er es getan hatte, ging ihm behutsam nach und holte ihn schließlich ein, ohne ihn im Geringsten zu irritieren, ganz im Gegenteil: er hatte etwas Tröstliches an sich, das er noch nicht recht fassen konnte. Er war in Angst gewesen damals, das war ja nun zu verständlich! Er war sich auch sicher: käme er erneut in eine ähnliche Situation, er würde wieder in Angst geraten, zumindest war das höchst wahrscheinlich! Aber dennoch war es die bloße Möglichkeit, ohne sie zu reagieren, die er jetzt deutlich sah und die ihn mit einem ungeheuren Mut erfüllte: ›Es wäre möglich gewesen, ich hätte seinem Blick antworten und ihm die Alternative zur Angst zeigen können!‹ Es war, als lösten sich Ketten, die seine Füße gefesselt hatten, so erleichtert war Gerald allein von dem Gedanken an diese Möglichkeit, so froh, ganz auf dem Grund seiner Seele froh: da war doch etwas nicht zu töten in ihm, etwas, das zwischen ihm und Anna zwar unausgesprochen geblieben, aber doch selbstverständlich gewesen und erst jetzt durch die Begegnung mit einem ihm völlig Unbekannten so bitter in Frage gestellt worden war: »Wird es weitergehen?« ›Es geht weiter, Anna, es geht immer weiter, und wir werden anscheinend von diesem wunderbaren Leben letztlich alle in dieselbe Richtung geführt, ganz sicher auch dieser verirrte Mann, der immer noch kein Gesicht hat für mich, und der jetzt irgendwo auf der Flucht ist!‹ Und Gerald blieb stehen und hob den Blick.

»Schön, dass du wieder da bist, endlich!« Er stand, ohne dies bisher bemerkt zu haben, direkt vor seinem geschlossenen Kiosk, der ihn dunkel und traurig anblickte, und wurde auch schon von den üppigen Armen der Bäckersfrau von nebenan empfangen, die außer sich vor Freude zu sein schien. »Wir haben dich alle so vermisst, Gerald! Wann machst Du endlich den Kiosk wieder auf!«

»Oh, Claudi, ich freu' mich ja auch, danke, vielen Dank, aber den Kiosk, nein, also ... ich glaube nicht ... das kann ich nicht mehr ...«

»Du machst wieder auf!«, Claudia ließ nicht mit sich reden. »Glaubst du, wir lassen dich noch mal allein, wir passen doch jetzt alle auf dich auf!«

»Mir würde es erst mal reichen, wenn du mich zu einem Kaffee einlädst« schmunzelte Gerald glücklich über so viel Freundlichkeit, »und was den Kiosk angeht, da muss ich erst Anna fragen!«

Und als er Arm in Arm mit Claudia in Richtung Bäckerei ging, konnte er es doch nicht lassen, im Vorbeigehen kurz zu prüfen, ob sein Laden denn auch ordentlich abgeschlossenen sei.

Zuinnerst

Ich kenne einen Ort, so weit und schön,
Dass nicht einmal mein Staunen ihn noch säumen kann,
Ach, würd' ich jeden Tag ihn wiederseh'n!
Doch Glück's genug: ich schau' ihn, dann und wann.

Was mir gelungen, was mir brach,
Wovon mir träumte, dass ich's sei, ob gut, ob schlecht,
Hier wird's an selber Quelle heilend eins und wach:
An diesem Ort nur werd' ich, wenn ich sag': »ich bin«,
mir selbst gerecht.

Indes hab' ich ihn nicht allein gefunden,
Und einsam bleiben werd' ich niemals dort:
Mit Dir auf ewig hier verbunden,
Kam nur durch Deine Liebe ich
an diesen wunderbaren Ort.